世界名著好享读（原版插画典藏版）

南来寒 主编

爱丽丝漫游仙境

[英] 刘易斯·卡罗尔 著

王一乐 译

人民东方出版传媒

东方出版社

图书在版编目（ＣＩＰ）数据

爱丽丝漫游仙境 /（英）刘易斯·卡罗尔著；南来寒主编；王一乐译.—北京: 东方出版社，2017.4

（世界名著好享读）

ISBN 978-7-5060-5838-4

Ⅰ.①爱… Ⅱ.①刘…②南…③王… Ⅲ.①童话－英国－近代 Ⅳ.①I561.88

中国版本图书馆CIP数据核字（2017）第088732号

爱丽丝漫游仙境

（AILISI MANYOU XIANJING）

[英] 刘易斯·卡罗尔 著　南来寒 主编　王一乐 译

策划编辑：鲁艳芳
责任编辑：张　琼
装帧设计：

出　　版：东方出版社
发　　行：人民东方出版传媒有限公司
地　　址：北京市东城区东四十条113号
邮政编码：100007
印　　刷：北京汇林印务有限公司
版　　次：2017年11月第1版
印　　次：2017年11月北京第1次印刷
开　　本：880毫米×1230毫米　1/32
印　　张：5.125
字　　数：98千字
书　　号：ISBN 978-7-5060-5838-4
定　　价：32.00元
发行电话：（010）85924663 85924644 85924641

一只红眼睛的白兔从爱丽丝身边匆匆跑了过去

老鼠叹息道："这是个十分悲伤的故事。"

爱丽丝惊奇地发现，蘑菇上面有一只大毛毛虫

王后盯着爱丽丝，尖叫道："砍掉她的头！砍掉——"

一只豚鼠突然在法庭上喝彩，被警官丢进了一个帆布袋

整副牌飘到空中，又纷纷扬扬落到爱丽丝身上

重寻名著阅读的愉悦和享受

直到现在，我仍然不会忘记小时候读的第一本世界名著——《安徒生童话》。那时候，丑小鸭不同寻常的经历，总是让我心潮澎湃；寻找钟声的王子和穷人家的孩子那份对美好的向往和执着追求，更是让彼时稚嫩的我热血激荡……每一个奇妙曲折的小故事，都会带我走进一个不一样的世界，从那时起，我就开始一本接一本地读起了名著，它们就像是有一种让人难以自拔的魔力。名著里的那些故事，虽来源于我们的生活，但经过大师们的演绎之后，又将一个个我们意想不到的画面呈现在我们面前，充满了无穷的想象力。

童年的阅读经历对我的成长起到了至关重要的作用，所以我想让现在的孩子们像那时的我一样，能够同样获得美妙的阅读体验，将那些充满奇幻色彩和诗情画意的故事一代代传承下去。

然而，犹记得，我孩童时代的名著图书，几乎没有什么插图，封面和装帧设计也乏善可陈。如今的孩子，阅读的可选择面广阔多了，很多时候，阅读变成了老师的作业、父母的安排！如何让当下的孩子们重拾我当年阅读名著时的愉悦和享受，让他们发自内心地去阅读、去探究，成了我念兹在兹的一种理想。

基于这个纯粹而又迫切的初衷，经和东方出版社编辑鲁艳芳女士协商，策划了这套"世界名著好享读"系列图书，将一些真正适合孩子们阅读的名著翻译出版，作为一份迟来的礼物献给孩子们，希望还赶得及填补那一块为名著而预留的阅读空白。

这套"世界名著好享读"丛书，涵盖了童话、寓言、诗歌、小说和历史知识等不同内容和体裁，包含了亲情、自然、探险和历史等不同题材的作品，意在让孩子们获得全方位的阅读体验。一直以来，我都秉承尊重原著的原则，所以这套书的底本均选用了美国长期从事经典名著出版的亨利·阿尔特姆斯出版公司的原版初印权威版本，相信这对于每一个渴望阅读的孩子来说，都将是一场愉悦身心的文学盛宴。

在这套图书中，《安徒生童话》《格林童话》《伊索寓言》这些耳熟能详的童话寓言故事，会让孩子们初识社会，了解人性的善恶、美丑、真伪；《爱丽丝漫游仙境》《爱丽丝镜中奇遇记》《沉睡的国王》将带孩子们一次次进入梦幻之乡，让他们的想象力得到大幅提升；《海角乐园》《冰海惊魂》《哥伦布发现美洲》会携孩子们进入开拓探险的世界，告诉他们什么是坚韧，如何变得更勇敢。至此，请原谅我，将好东西藏在了后面，那就是在这套书中，我将遗失已久、几代人都无缘读到的名著——《穆福太太和她的朋友们》《图茜小姐的使命》《狐狸犬维克的故事》千方百计地寻觅出来，其中所经历的艰辛在此我不加赘述，我只想借由这三本书此次的重磅登场，让孩子们幸运地重新亲近这些顶级的作家和他们的作品。最后，我当然也不会辜负那些喜爱戏剧的孩子，在这样的精神大餐中怎么能缺少戏剧界的旷世奇才——莎翁的作品呢？为了降低阅读难度，我特意选取了英国著名作家查尔斯·兰姆和他姐姐共同改编的《莎士比亚戏剧故事集》，让孩子们可以无障碍地步入莎翁的世界。

好了，喜爱精美插画的孩子们，先别着急，我并没有忘记要满足你们这个合情合理的需求。我深知，优秀的插画除了要有色彩、线条、构图的外在形式美之外，更重要的是要具备作品内容所呈现出的内在意蕴美。"世界名著好享读"系列图书是我从事图书策划工作以来整理的插画量最大的一套书，其中很多种图书的插画量达到一百多幅，更有甚者，《鹅妈妈童谣与童话故事集》的插画量竟达到了近二百幅，堪称名著的绘本版了。此外，为了完美彰显名著的神韵，书中所使用的每一幅插图都经过了细致入微的修复。海量的插画并没有成为文字的"附庸"，这些来自不同画家的手绘插画或者版画丰富了文字的内涵，对孩子们来说也是一种美育熏陶的过程。所以说，这不仅是一场阅读的狂欢，更是一次审美的嘉年华。

接下来，我要做的，只是把孩子们引领到安徒生、莎士比亚、史蒂文森、约翰·班扬、刘易斯·卡罗尔、霍桑……这些大师、巨匠身边，互作介绍以后，就安静地离开，就像钱理群先生说的："让他们——这些代表着辉煌过去的老人和将创造未来的孩子在一起心贴心地谈话。"

那么，孩子们，接下来那些愉悦和享受的阅读时刻，就留给你们了。

稻草人童书馆总编辑　南来寒

二〇一六年八月于广州

目 录

第一章　掉进兔子洞

爱丽丝靠着姐姐在河岸边坐了很久，开始觉得有些厌倦。她一次又一次地看着姐姐手上的书，可是书上既没有图画，又没有对话，爱丽丝心想："里面全都是枯燥的文字，连幅画都没有，有什么意思呢？"

大热天让爱丽丝直犯困，但是她还是认真地思考着，做一个雏菊花环的乐趣是否可以抵消摘雏菊的麻烦呢？就在这时，一只红眼睛的白兔从她们身边急急忙忙地跑了过去。

爱丽丝并没有觉得离奇。她看到那只兔子边跑边从背心的口袋里掏出了怀表："哦，天哪，我真的是迟到了。"说完，他大步流星地朝远处跑去。

爱丽丝跳了起来。她这才反应过来，多奇怪的兔子啊，穿着毛背心，而且居然还揣了一只怀表，她可从来没见过这样的兔子。被自己的好奇心所驱使，爱丽丝穿过田野，紧紧地跟了过去，刚好看到兔子跳进了矮树下的一个大洞。

爱丽丝想都没想，也一下子跳进了洞中，根本没考虑要怎么出来。

这个兔子洞开始时像地道一样笔直向前，后来突然垂直向下，爱丽丝还没站稳，就掉进了一口深井里。

也许是井太深了，也许是她下落得很慢，爱丽丝一边往下落，一边观察起周围的环境来。

起初，她往下瞧，想知道自己会掉到什么地方去。但是这深井很黑，她只能隐约看到井壁，上面是一排排碗橱和书架，以及各种挂在钉子上的地图。她从架子上拿下一个写着"柑橘酱"的罐头，可惜是个空的。爱丽丝不敢把罐头扔下去，怕砸到底下的人，于是在往下掉的过程中，随手把罐头放到另一个橱柜去了。

"好吧，"爱丽丝想，"经过这次，以后我从楼梯上滚下来也算不上什么了。家里人会觉得我很勇敢！就算从屋顶上摔下去，我也不会说什么的！"

爱丽丝就这样一直往下掉，好像永远掉不到底。爱丽丝大声说："我究竟掉了多少英里了呢？是不是已经接近地球的中心了？天哪，那岂不是已经有四千英里了吗？"

"大概就是这个距离，可是，我现在是在什么经度和什么纬度上呢？"爱丽丝其实不明白经度和纬度的意思，可她觉得"经度"和"纬度"听起来是很了不起的字眼儿。

爱丽丝又自言自语道："我会不会穿过地球呢，也许我还会看到那些头朝下走路的人，这多滑稽啊！我想这应该叫'相反人'吧——"这会儿爱丽丝庆幸没人听到她的话，因为这个名词似乎不太对。

"——但是我应该问问他们国家的名字：请问这是新西兰，还是澳大利亚？"她说这话时，还试着行了个屈膝礼，但是在空中行屈膝礼似乎不太可能。

"如果我这样问，人家会以为我是个傻姑娘吧。算了，也许我会在哪里看到这个名字呢。"

掉啊，掉啊，爱丽丝又开始想起她的小猫咪戴乐来："戴乐，你今晚一定很想我吧，我希望他们别忘了下午茶时给你准备一碟牛奶。要是你能跟我一起来这里该多好，空中应该没有你吃的老鼠，不过你可以抓到蝙蝠，蝙蝠很像老鼠，可是猫吃不吃蝙蝠呢？"

这时，爱丽丝又开始打瞌睡了，她迷迷糊糊地说："猫吃蝙蝠吗？猫吃蝙蝠吗？"有时候她又说成："蝙蝠吃猫吗？"

爱丽丝已经睡着，她梦见自己正和戴乐手牵手走着，并且认真地问戴乐："戴乐，你吃过蝙蝠吗？"可就在这时，爱丽丝一下子触到了地面。哦，她终于落地了，她掉到一堆软绵绵的枯叶上。

爱丽丝有些不知所措地站了起来，前面是一条很长的走廊，她一眼就看到了之前她跟踪的那只兔子，他仍旧甩开大步，跑得像闪电一样快。

爱丽丝飞速地追了上去，她听到兔子在拐弯时说："哎呀，我的耳朵和胡子啊，都这么晚了啊！"可就在她马上要追上那只兔子的时候，兔子突然一拐，又消失不见了。

爱丽丝也连忙跟着拐了过去。赫然，一个又细又长的大厅出现在爱丽丝的面前。大厅的四周是一扇扇华丽的大门，屋顶的一串大吊灯，把大厅照得通亮通亮的，使这里看上去富丽堂皇。

爱丽丝开始沿着大厅向里面走去，一边走，一边试着推开那些关着的大门。可是那些门好像都上了锁，推了半天，一扇门都没打开。爱丽丝沮丧地走到大厅中央，想着该怎么出去。

突然，爱丽丝发现了一张三条腿的小桌子。桌子是用玻璃做的，桌上只有一把很小的金钥匙，爱丽丝觉得这把钥匙肯定是用来开某一扇门的。可是，她试了试，要么是锁太大了，要么是钥匙太小了，哪扇门都没打开。

不过，在她绕第二圈时，突然发现大厅的角落里垂挂着一扇布帘，布帘后面原来是一扇十五英寸高的小门。爱丽丝用这把钥匙往小门的铁孔里一插，正合适！

爱丽丝打开了门，发现门外是一条小走廊，比老鼠洞还小。她跪下来，看着走廊，发现了一个从没见过的美丽花园。她多想离开这个黑暗的大厅，去花园和喷泉那里玩耍啊！可是那扇门小得连脑袋都过不去。

爱丽丝心想："就算我的脑袋能过去，肩膀也不能跟着过去啊。我真想变成望远镜里的小人儿！我要是知道方法就好了。"近来发生的一连串稀奇古怪的事，使爱丽丝觉得没有什么是不可能的。

爱丽丝回到桌子旁，希望找到另一把可以打开门的钥匙，或者找到一本教人变大变小的书。奇妙的是，桌子上有一个小瓶子，瓶子上系着一张小纸条，上面写着三个字："喝下去！"

聪明的爱丽丝不会轻易喝下去，她说："哦，这可不行，我得先看看这是不是毒药。"因为她听过一些小故事，说孩子们被烧伤、被野兽吃掉，以及发生其他一些不愉快的事情，都是因为他们没有记住朋友们说的话，例如：握住火棍太久就会把手烧伤；用小刀割手指就会出血，等等。爱丽丝知道，如果喝了标记"毒药"的东西，那可就麻烦了。

然而瓶身上没有"毒药"的字样，这下爱丽丝可放心了，她仰起头，咕嘟咕嘟地喝下几口。天哪，还真好喝，混合着樱桃馅饼、奶油蛋糕、菠萝和烤火鸡的味道。爱丽丝很快就把一瓶喝光了。

"多神奇的药水啊，我真的像望远镜一样在收缩呢！"爱丽丝兴奋地大叫道。

现在，爱丽丝的身体缩到只有十英寸高，她可以到那个漂亮的花园去了。她又等了几分钟，看自己会不会继续缩小下去。

她开始有些不安："要是像蜡烛那样，一直缩没了怎么办？"爱丽丝努力回想着蜡烛灭了的样子，但是她什么都想不起来。

过了一会儿，爱丽丝决定到花园去，走到门口的时候，她突然想到，自己还没有找到小门的钥匙呢。爱丽丝连忙跑回桌子旁边。可是，她现在只有十英寸高，相对于这张桌子来讲，她小得就像一只蚂蚁一样，无论如何也够不到桌面。

爱丽丝用双手抱住桌腿，使尽全身力气向上爬。可是，刚爬上去一点点，她就"哧溜"一下滑落了下来——桌腿实在太滑了，她根本就不可能爬到上面去。

爱丽丝越想越难过，终于，她坐在地上伤心地哭了起来。哭了好一会儿后，她严肃地对自己说："哭是没用的，限你一分钟之内擦干眼泪。"爱丽丝喜欢给自己下各种命令，有时甚至被自己的命令弄哭。有一次，她在跟自己玩槌球，因为自己作弊了，她就打了自己一下——爱丽丝很喜欢玩一个人分饰两个人的游戏。

"但是现在怎么扮两个人呢？"可怜的爱丽丝想，"我现在小得都算不上一个人。"

这时，爱丽丝看到桌子下方有一个精美的玻璃盒子，盒子里面躺着一块散发着浓浓香气的蛋糕，蛋糕上面居然还有用葡萄干拼成的三个字："吃下去！"

"好，我就吃了它，"爱丽丝说，"如果身体变大，我就可以顺利地拿到桌子上面的钥匙了；如果继续变小的话，我不就可以从门缝里钻进去了吗！反正不管怎样，我都可以到那个花园去了！"

她先谨慎地尝了一小口，急忙看看自己的身体，嚷嚷道：

"是变大还是变小了呢？"她用手摸摸头顶，想知道自己变成什么模样了。奇怪的是，什么变化都没有，经历了这么多奇奇怪怪的事后，爱丽丝反而不能理解这块正常的蛋糕了。

于是，爱丽丝狼吞虎咽地吃了起来，没一会儿，一整块蛋糕就被爱丽丝吃完了。

第二章　眼泪池

"怎么回事？这可太奇怪了，"爱丽丝情不自禁地喊了起来，"哦，我现在一定变成望远镜里面最大的人了。我可怜的双脚啊，以后我再也不能给你们穿袜子和鞋子了。现在，你们离我那么远，我再没法儿照顾你们了，你们记得要好好照顾自己哟。"

但是，爱丽丝又认真地想了一下，觉得自己还是要对它们好一点儿。于是，她又说道："不过，到圣诞节的时候，我还是会给你们准备礼物的——就是一双漂亮的长筒靴。"

"到时候我会给你们邮寄过去。"爱丽丝继续想着要怎么送礼，她想，"这多滑稽啊，给自己的脚寄礼物！这地址看着也太离奇了：

壁炉边的地毯，

爱丽丝的右脚收，

爱丽丝敬上

Peter Newell

"哦，我在说什么胡话呢！"

就在这时，爱丽丝的头撞到了大厅的屋顶上。她现在差不多有九英尺高，毫不费力地取到了放在桌子上的钥匙，向小花园的门跑过去。

可怜的爱丽丝，她现在只能匍匐在地上，用一只眼睛往花园里看，根本就进不去，于是她又坐下来开始哭。

"你不害臊吗？像你这么'大'的姑娘（确实很大）在这里哭个不停，我命令你，马上擦干眼泪！"爱丽丝还是不停地哭，一大滴一大滴的眼泪吧嗒吧嗒地落在了地上，不一会儿，眼泪就积满了大厅，足足有四英寸那么深，简直就是一个眼泪池。

就在爱丽丝哭得止不住的时候，突然听到一阵脚步声，她急忙擦干眼泪，看看是谁来了。原来是之前不见了的那只白兔回来了，他盛装打扮，拿着一把扇子和一副白羊皮手套，匆忙跑来。

白兔一边走，一边喃喃自语："哦，公爵夫人！公爵夫人！要是我让她等久了，她会不会生气啊？"

爱丽丝正希望有人能来帮助自己，一看见兔子，她连忙停止了哭泣，连眼泪都顾不上擦，就把头凑了过去，对兔子说："先生，请问，我现在该怎么——"

听到后面有声音，兔子回头一看，见一个庞然大物正在靠近自己。他吓得大叫一声，把手里的东西都丢掉了，然后拼命地向暗处跑去。

爱丽丝叹了口气，拾起了刚刚兔子先生吓掉了的扇子和白羊皮手套。这时，大厅里面刚好很热，爱丽丝就用那把扇子扇起风来。

爱丽丝奇怪地自言自语道："今天怎么发生了这么多莫名其妙的事情呢？我的样子是不是改变得很厉害，变得已经不像原来的我了？我现在还是爱丽丝吗？该不是我已经变成别人的样子了吧？"

一边说，爱丽丝一边摸着自己的脸，并开始想起她的那些小伙伴来。"我敢说，我肯定没变成爱达，因为爱达有一头可爱的卷卷的长发，而我的头发却是直直的。"说着，爱丽丝理了理自己的头发，又继续说道，"可我肯定也没变成玛贝尔，她可是我们班最笨的一个了，老师的问题她永远也答不上来。而我，却知道各种各样的事情。呃……对了，我还记得之前学过的东西吗？乘法口诀表我还能背得出来吗？"

爱丽丝用手支着头，认真地想了起来，然后，开始一本正经地背起了乘法口诀表："四乘以五等于十二，四乘以六等于十三，四乘以七……天哪，我怎么得不出二十来了呢？我该不会真的变成玛贝尔了吧！"

爱丽丝急躁地用手拍打着自己的脑袋，深吸了一口气，然后说道："没关系，再让我试试地理知识，这可是我最擅长的——伦敦是巴黎的首都，巴黎是罗马的首都，罗马是……呃，不对，全错了！巴黎怎么又是国家又是首都呢，可巴黎到底是什么呢？"

就这样，关于巴黎的问题爱丽丝完全想不出个头绪来。算了，不如来背一下最喜欢的那篇课文《小鳄鱼》吧。于是，爱丽丝把手交叉着放在膝盖上，就像平时背诵课文那样，充满自信地背诵了起来。然而，她的声音嘶哑古怪，吐字也很不清楚，背出来的和原文很不一样：

> 小鳄鱼怎样保养它闪亮的尾巴，
> 把尼罗河水灌进每一片金色的鳞甲。
> 它笑得多么快乐，
> 爪子伸得又是那样文雅，
> 它在热烈欢迎那些小鱼
> 游进它微笑着的嘴巴！

"哦，不对，我肯定背错了。"说到这里，爱丽丝的眼泪一下子又涌了出来，"天哪，我一定变成玛贝尔了。我得住在破房子里，什么玩具都没有，还得上那么多课！我想好了，如果我真的变成了玛贝尔，我就一直待在这里，就算他们跟我说：'亲爱的，上来吧！'我还是先让他们告诉我，我是谁。如果变成我喜欢的人，我就上去，不然我就一直待在这里，直到我再变成其他人——可是，可是……"爱丽丝突然又哭了起来，"可是我真想他们叫我上去啊，我不想孤零零地待在这儿了！"

爱丽丝说着说着，无意中看了一眼自己的手，发现手上居然戴上了一只白羊皮手套。

"这到底是怎么回事啊？我一定又变小了。"爱丽丝走到桌子边去量自己的身高，她现在大约只有两英寸高，而且还在不断地缩小。

"哦，天哪，一定是扇子和手套在作怪，是它们把我变小的。"一想到这儿，爱丽丝马上丢掉了还紧紧抓在手中的扇子和手套。于是，爱丽丝的身体就停止了改变。

爱丽丝长嘘了一口气："好险哪，多亏丢掉得及时，要不然我就没了。"

"真是庆幸！"爱丽丝说，刚刚的变化真是吓坏她了，但幸好自己还在。她高兴地跑向那个花园的小门，但是小门又锁上了，那把小小的金钥匙仍在玻璃桌子上。

"情况越来越糟糕了，"可怜的爱丽丝想，"我可从来没变得这么小过！这真是太糟糕了！"

话还没说完，一口咸咸的水就呛进了嗓子里。爱丽丝连忙闭上了嘴巴，向四周望去，她以为自己已经被困在了茫茫的大海之中。

"这样一来，"爱丽丝对自己说，"那我就可以坐火车回去了。"爱丽丝去过海边，看到海边有很多更衣车，孩子们在沙滩上用木铲挖洞，还有一排排出租的住房，住房后面是个火车站。

忽然，她恍然大悟："这些不就是我的泪水吗？刚刚哭了那么久，眼泪流得太多，都变成'大海'了。真是的，我都快被自己的眼泪淹死啦！今天净是怪事！"

话还没说完呢，爱丽丝听到附近有划水声，就循声游去，想看看是什么。起初，她以为是一头海象或者河马，后来她想起自己这么小，就明白了——这是一只老鼠。

"这只老鼠有什么用呢？"爱丽丝想，"让我和一只老鼠说话吗？今天的事情都很奇怪，也许这只老鼠真的会说话呢。不管怎样，试试也没有坏处。"

于是，爱丽丝跟那只老鼠打着招呼："喂，小老鼠，你好哇！你知道怎么游出这个池塘吗？我游得很累了！"

爱丽丝觉得这是跟老鼠聊天的正确方式，她以前从没有做过这种事，可她记得哥哥的拉丁语法书上面写着："一只老鼠——一只老鼠——喂！老鼠！"

老鼠把脸转向爱丽丝，警惕地看着她，好像还眨了眨小眼睛，可是没有说话。

"嗯，或许他不懂英语吧。我想起来了，当初是一个叫威廉①的法国人征服了英国，这只老鼠一定是当时跟威廉一起从法国过来的。"爱丽丝的历史可学得不怎么好，所以，她根本搞不清楚威廉征服英国这件事已经过去了多久。这时，她突然想起法文课本上的第一句话，于是脱口而出道："我的猫在哪里？"

① 征服者威廉一世（1027—1087），原为诺曼底公爵，后来征服并统一了英国。

17

Peter Newell

　　谁知，爱丽丝的话音刚落，那只老鼠立刻暴跳如雷地蹿出水面——虽然他马上又掉落在水里。显然，他被气坏了。

　　爱丽丝怕伤害到这只小动物，连忙说："请原谅我！我忘了你不喜欢猫。"

　　老鼠声嘶力竭地冲着爱丽丝尖叫道："我当然不喜欢猫！如果你是我，你会喜欢猫吗?!"

　　"也许不会。"爱丽丝安抚着老鼠，"不要生气了，小猫也不都是那么讨厌啦。如果你看到我的小猫戴乐，你就不会那么讨厌猫了。哦，她是多么可爱啊，她喜欢躺在壁炉前呼噜呼噜地睡觉，时不时舔舔爪子，洗洗脸，她的毛摸上去软绵绵的，可舒服了。哦，对了，她还会把那些小老鼠追得到处乱窜，有趣极了。我相信，像戴乐这样的小猫咪，你也一定会喜欢上……"

　　说到这儿，爱丽丝好像突然想起了什么，小心翼翼地说："哦，请原谅我。如果你不高兴的话，我们就不说她了。"

　　那只老鼠显然已经被气得发狂，尾巴尖都在发抖，声音也变得异常地尖厉："不要再跟我提起那个名字，我们老鼠家族恨死他们了，他们是最可恶、最粗鄙、最野蛮的一群家伙！"

　　爱丽丝意识到了自己所犯的错误，连忙说道："真是太抱歉了，我不说了，真的。我们还是说点儿别的吧。哦，对了，你喜欢狗吗？"

　　爱丽丝见老鼠没吱声，就继续热切地说了下去："我家附近有一只棕色卷毛的小猎狗，那只小狗眼睛亮晶晶的，谁看到都会喜欢上他。他可聪明呢,能接住你丢给他的东西,还会举起两只前爪向我们要东西吃。他是一个农夫养的,他说小狗顶好用,值一百英镑呢!说他能抓到所有老鼠——哦,亲爱的!"

爱丽丝抱歉地说:"我又惹你生气了。"因为老鼠已经掉头拼命朝远处游去。眼泪池里的水被他弄得哗啦哗啦地响,看得出来他到底有多生爱丽丝的气了。

爱丽丝跟着老鼠,小声地说:"亲爱的老鼠,求你回来吧,我不会再跟你提猫和狗的事了。"

老鼠听到小女孩儿的话,慢慢转身又游了回来,他的脸色很苍白,用低低的、颤抖的声音说:"我们去那边的岸上吧,到时,我会把一切都告诉你的,你就会明白我为什么那么恨猫和狗了。"

真是该走了,因为池塘里已经聚集了一大群跌落的鸟兽,有一只鸭子、一只渡渡鸟(一种鸟,现已灭绝)、一只鹦鹉、一只小鹰和其他一些稀奇古怪的动物。

爱丽丝在前面领路,和这群鸟兽一起游向岸边。

第三章　热身赛跑和一个长故事

　　也不知道究竟在水里游了多久，大家终于上岸了。上岸后，这一大群奇奇怪怪的小动物——湿了羽毛的飞禽、毛紧贴在身上的走兽，全都气喘吁吁，摊开手脚躺下来。

　　现在要考虑的是怎么把身体弄干，他们就这个问题商量了一会儿。过了几分钟，爱丽丝就跟他们混熟了，就好像认识了很多年一样。爱丽丝跟鹦鹉辩论了很久，最后，鹦鹉愠怒了："这个我比你有发言权，我的年纪可比你大得多。"爱丽丝虽不同意这话，但她不知道鹦鹉有多大，鹦鹉又不肯说出自己的年龄，他们就沉默了。

　　最后，老鼠走了出来，他在他们中间好像很有权威的样子，郑重其事地大声说道："你们想要尽快弄干自己的身体吗？那就都坐下，听我说。"

　　听了老鼠的话，大家一下子把老鼠紧紧围住。爱丽丝着急地看着他，心想，要是不把湿衣服弄干，她会感冒的。

　　"你们都准备好了吗？我要讲一个故事了。"老鼠威严地说，"这个故事会让你们觉得干巴巴的，这样，你们身上的衣服很快就会变干了。"看着动物们都聚拢过来，老鼠满意地清了清嗓子，大声地讲起了那个干巴巴的故事："征服者威廉的大业是有教皇支持的，不久他就英勇地征服了英国，而英国人也愿意归附于他，梅西亚和诺森布里亚①的伯爵埃德温和莫卡……"

"呃！"鹦鹉插嘴道。

"请问你有什么事吗？"老鼠皱着眉头，但仍然很礼貌地问道。

"没！我没什么想说的。"鹦鹉急忙回答。

"我以为你有话说呢。"老鼠接着讲他的故事，"埃德温和莫卡伯爵都支持威廉，甚至连坎特伯雷的大主教斯蒂甘德也觉得是……"

"觉得是什么？"鸭子实在忍不住了，出声地问道。

"觉得是'这个'，"老鼠不耐烦地说，"你当然知道'这个'指的是什么。"

"当我找到吃的时候，我当然知道'这个'是什么。"鸭子说，"'这个'通常是一只青蛙或一条蚯蚓，问题是，大主教觉得是什么？"

老鼠装作没听见的样子，丝毫没有停顿，继续往下讲起来："现在他觉得与埃德加·阿塞林一起觐见威廉，并授予他皇冠是

---

① 中世纪时英国的古国。

可行的。威廉的行为起初挺温和的，但他那固有的诺曼人的傲慢……"讲到这里，老鼠看了看站在身旁的爱丽丝，问道："小姑娘，听到这里，有没有感到衣服干爽了一些？"

"衣服照样还是湿答答的。你的故事一点儿都没有把我的衣服弄干。"爱丽丝闷闷不乐地说。

渡渡鸟马上也跟着说道："这个方法看来没有效果，我建议休会，立刻采取更加有效的措施。"

"你这话我连一半都听不懂，我估计你自己也不懂。"一旁的小鹰说完后低下头笑了，其他鸟儿也偷偷笑出声。

渡渡鸟恼怒地说："我是说，把湿衣服弄干的方法是来个绕圈赛跑。"

"什么是绕圈赛跑哇？"爱丽丝问道。她本来没想知道，但是渡渡鸟说到一半就停住了，好像在等人问他，但偏偏又没人来问。

"来，解释还不如直接演示一下。"渡渡鸟边说边使劲地摆动着翅膀，好像都有些迫不及待了。

首先，他画了一个大大的圆圈，这个是比赛路线。然后，他把动物们都招呼了过来，让大家围着圆圈站好，也不说开始，谁想开始就开始，谁想结束就结束，所以，要知道这场比赛结束是很不容易的。

很快，半个小时过去了，大家越跑越慢，每个人的衣服都干得差不多了。就在这时，只听渡渡鸟尖尖地喊了一声："比赛

结束——"大家喘着粗气，把渡渡鸟团团围住，然后迫不及待地问起来："快说，快说，谁赢了？"

这个问题，渡渡鸟得好好想想怎么回答。他坐了很久，用一根指头抵住前额想了好久（就像照片中莎士比亚的姿势），这段时间大家都在静静地等着结果。最后，渡渡鸟说道："我宣布，第一名就是——所有人！大家都赢了，都有奖品！"

"那我们的奖品呢？"大家齐声问。

渡渡鸟指着站在一旁的爱丽丝说："她，当然是她发奖品！"动物们又争先恐后地跑到了爱丽丝的面前，纷纷把手伸向她，喊着："奖品！奖品！"

爱丽丝可是一点儿准备都没有啊，她无奈地把手伸进了衣服的口袋里，摸啊摸，终于掏出了一个小盒子来。是糖果，太好啦，幸好没被浸湿。爱丽丝把糖果依次放在了每只小动物的手中，恰好每人一颗，只有爱丽丝自己没有。

老鼠看到这里，冲着大家喊了起来："伙伴们，刚刚有一个人没有领到奖品，就是这个小姑娘。她也应该有一份奖品啊！"

"这可不公平，"渡渡鸟极其认真地说，"小姑娘，再翻一下你的口袋，看还能不能找出点儿什么东西来。"

爱丽丝依言将手又伸进了口袋里摸起来，可是，把全身上下每个口袋都找遍了，只找到一枚顶针。她伤心地说道："就找到了这个。"

大家又围住了爱丽丝，渡渡鸟接过顶针后郑重地递给爱丽

丝："这枚漂亮的顶针就是你获得的奖品，请不要推辞。"话音刚落，大家都欢呼起来。

爱丽丝觉得这简直太滑稽了，明明就是自己的顶针，现在居然又要当作礼物送给自己。但是，看到大家都这么郑重其事，爱丽丝也不敢笑，只好接受了顶针，并鞠躬致谢，然后装得一本正经地把顶针收在了自己的口袋里。

接下来就是吃糖果了，这又引起了一场骚动：大鸟埋怨还没仔细尝到味儿就没了；小鸟则被糖果噎住了，还得别人帮忙拍背。最后糖果终于吃完了，他们又围成一个圈坐着，请求老鼠继续讲故事。

爱丽丝小心翼翼地说："老鼠先生，刚刚在水里的时候，你不是答应我到了岸上会给我讲你的历史吗？就是那个……关于你为什么那么痛恨'M'和'G'的故事。"爱丽丝一边说一边观察着老鼠的脸色，生怕说出"猫"和"狗"又惹火了他，于是只说了拼音开头。

老鼠叹息道："这是个十分悲伤的故事。"

爱丽丝盯着老鼠的尾巴纳闷儿："确实是根长尾巴，可为什么说尾巴是悲伤的呢①？"在老鼠讲故事的过程中，爱丽丝一直想着这个问题，于是，她脑中的故事就成了这个样子的：

① 这里爱丽丝把"tale"（故事）听成"tail"（尾巴）了。

Peter Newell

猎狗龇牙咧嘴地对老鼠说：

"我现在就要把你送上法庭，

让你接受严厉的审判。

因为我早上没事做，

所以来给你找点儿麻烦。"

老鼠对猎狗说：

"就算你把我送到法庭，

既没有审判员，

又没有法官，

你做的都是无用功。"

猎狗说：

"我就是陪审员，

我就是法官，

我要亲自宣判，

我要宣判

你的死刑！"

突然，老鼠停住不讲了，严厉地提醒爱丽丝："小姑娘，你在想什么呢？"

"请原谅，"爱丽丝小心翼翼地说，"你好像拐到第五个弯了。"

"我没有！"老鼠生气地说。

"一个结^①？"爱丽丝问，她总是很热心肠，于是她向四周看看，"让我来帮你解开这个结。"

听了爱丽丝的话，老鼠站起来就走，并说："你说这些废话是来侮辱我吗?！"

爱丽丝解释道："对不起啊，老鼠先生，我没有要侮辱你的意思。不过你也太容易生气了！"

老鼠可不想再听爱丽丝说下去，头也不回地走了。

"请你回来讲完你的故事吧！"爱丽丝冲着老鼠的背影喊道，其他动物也跟着喊："请你回来吧！"可这样做只是让老鼠加快了离去的脚步。

"他走了，好遗憾！"鹦鹉对着快消失的老鼠的背影叹息着。老螃蟹趁这个机会对女儿说教："亲爱的，你可不能随便发脾气！"

"妈，别说了！牡蛎都快受不了你了！"小螃蟹小声说着。

爱丽丝旁若无人地大声说道："要是戴乐在就好了，她最有办法对付老鼠了，只要有她在，一准儿能把老鼠先生给抓回来。"

"谁是戴乐？她在哪儿呢？"听了爱丽丝的话，鹦鹉问道。

爱丽丝很喜欢谈论她的小宠物，所以她热心地解释道："戴乐啊，她是我的小猫咪，特别会抓老鼠，这可是她的绝技呢。

---

① 爱丽丝把老鼠说的"I had not"（我没有）听成了"knot"（结）。

我还想让你们看看她怎么抓鸟呢，戴乐只要看到一只鸟，就会立刻把它吃下去！"

这话惹得大家开始骚动起来，有些鸟匆忙离开了。

老喜鹊把自己裹得密密实实，说道："我得告辞了，今天的空气让我的嗓子很难受，我得赶紧回去休息。"

金丝雀颤抖着声音呼唤着自己的孩子："宝贝儿们，宝贝儿们，快跟妈妈回家吧，你们该睡觉了！"

于是，剩下的动物们突然都有了必须马上要去做的事情，也纷纷离开了。

现在，只剩爱丽丝一个人，四周静悄悄的。爱丽丝阴郁地自言自语道："我刚刚要是不提戴乐就好了！这里好像没有人喜欢她，可在我心里，她是世界上最可爱的猫咪。唉，亲爱的戴乐，我什么时候才能再见到你呢？"说着说着，爱丽丝又哭了，她觉得很孤独很无助。

过了一会儿，突然响起了一阵脚步声，有人在慢慢向这里靠近。爱丽丝巴巴地看着，希望是老鼠先生改变了主意，回来讲完他的故事。

第四章　兔子派小比尔进屋

　　原来是之前见过的那只白兔又回来了，他着急地四处走着，嘴里还不停地念叨着："公爵夫人！公爵夫人！哦，我的爪子！我的胡须！她一定会砍我的头的，这是真真的，就像雪貂是雪貂那样真！我把它们丢哪儿去了呢？"

　　爱丽丝这才明白过来，原来兔子在找之前在大厅里掉落的扇子和手套。她也连忙到处找起来，可是，找了半天却一无所获——当她在眼泪池游荡时，好像所有东西都变了，连那个有着玻璃桌子和小门的大厅都消失不见了。

　　就在爱丽丝卖力地寻找扇子和手套的时候，兔子看到了她，气冲冲地训斥："喂，玛丽安，你什么时候跑到这里来了？你在那儿干什么呢？快，赶快回家去！以最快的速度，去给我取一把扇子和一副手套来，要快！"

　　爱丽丝被吓到了，顾不得解释这个误会，飞快地朝着兔子指的方向跑去。她边跑边对自己说："他把我当成他的女仆了，要是以后他发现我是谁，肯定会很惊讶的！我现在还是赶紧帮他拿回扇子和手套吧。"

Peter Newell

爱丽丝一口气跑到了一所白色的小房子前，只见门上挂着一个黄铜牌子，牌子上写着"白兔先生"。看来这是白兔的家没错。

爱丽丝没有敲门就进去了，直接奔向楼梯，向二楼走去。她害怕遇上真正的玛丽安，这样一来，在找到扇子和手套之前她就会被赶出去。

爱丽丝自言自语道："这多奇怪呀，现在我居然会听从一只兔子的命令，为他服务。我看接下来就该轮到戴乐来命令我了。"

然后她开始想象这种场景：

"爱丽丝小姐，快到这儿来，我们准备去散步了！"
"等一会儿，保姆阿姨！在戴乐回来之前，我得看着老鼠洞呢！"

爱丽丝继续想道："要是戴乐真的这样使唤人，他们才不会让戴乐继续待在家里呢。"

想着想着，爱丽丝已经走进一间整洁的小房间，靠窗边有一张桌子，桌子上有一把扇子和三双羊皮手套。她拿起扇子和一双手套，准备离开房间。这时候，爱丽丝看到镜子旁有一只精致的小玻璃瓶。

这一次，瓶子上面没有写"喝下去"的字样，但爱丽丝还是毫不犹豫地拔掉瓶塞，放到唇边，她想："每次我一吃点儿什么或者喝点儿什么，就会发生一些有趣的事。我真希望这东西能让我变大一点儿，老是像现在这般小，也太无趣了。"

接着，神奇的变化就在爱丽丝身上发生了。她还没喝到一半，脑袋就"嘭"的一声撞到了天花板上。爱丽丝赶紧扔掉瓶子，对自己说："现在已经够了，我可不想再长了，我已经出不了门了。唉，要是我刚刚没喝那么多就好了！"

可是已经太迟了，她身体的生长没有就此停下来，她的胳膊和腿还在不受控制地拉长。一分钟后，爱丽丝必须躺下来了，一只胳膊撑着地，一只胳膊抱着头。很快，一只胳膊已经在房间里待不住了，向窗外伸去，一只脚也伸进烟囱里去了。爱丽丝呆呆地对自己说："照这样长下去，我变成什么样子了？"

万幸的是，药水的作用好像发挥完毕，因为爱丽丝的身体已经停止生长了。不过，她现在不可能从这个房子里出去了，她为此很伤心。

"可以舒舒服服地待在家里多好啊，"可怜的爱丽丝伤心地说道，"在家里不会一下子变大，一下子又变小，也不会有老鼠和兔子对我发号施令。我真希望当初没有钻进这个兔子洞，可是……这里的遭遇太离奇了，不知道下一秒我又会变成什么呢？以前读童话时，我总以为那种事情永远不会发生，可是现在我却身在童话世界里面。那就等我长大后，把自己的这段经历写进童话书里。对，长大以后我就写下来。长大……长大，咦，似乎，我现在已经长得够大的了。"

"不过，"爱丽丝又说，"这样也不错，因为虽然我的身体已经像大人一样，可我仍然是个小孩子，我不会变成一个老太婆。"

"不好不好，小孩子得上学呀，如果一直做一个小孩子，就一直得上学。"爱丽丝又换了一个角度。不过她马上又把刚才的话推翻了，"啊，你这个傻瓜爱丽丝！这个房子已经被挤成这样了，往哪里放书呢？根本就不可能的嘛！"

你们别以为爱丽丝精神错乱了。她是在做游戏呢，这是她自己发明的一个小游戏，就是自言自语游戏。没事的时候，就自己扮演两个角色——两个互相抬杠的人，先扮演一个人，然后又扮演另一个人，就这样说一堆话。几分钟后，她听到门外有声音，就停下来，听听是谁。

"玛丽安，玛丽安！"那个声音喊道，"赶快给我拿手套！"然后一连串脚步声就在楼梯上响起了。爱丽丝知道兔子来找她了，吓得瑟瑟发抖，抖得整个屋子都在摇动——爱丽丝忘记现在的自己比兔子大上一千倍，用不着这么害怕他。

现在兔子已经到了门外，他想推开门，但是门是朝里开的，爱丽丝的胳膊刚好抵着门，兔子怎么推都推不开。爱丽丝听到兔子自言自语道："那我就绕过去，从窗子爬进去。"

"不会让你得逞的。"爱丽丝想。她等了一会儿，直到听到兔子走到窗台下方，突然伸出手，在空中抓了一把。爱丽丝没有抓到什么，但是她听到了摔倒后的尖叫声和打碎玻璃的声音，像是兔子掉进了黄瓜架之类的东西里。

接着是兔子气愤的声音："帕特！帕特！你在哪里？"

Peter Newell

然后是一个陌生的声音："主人，我在挖苹果树呢！"

"挖苹果树！"兔子气愤地说，"过来这儿，把我拉出来！"

"告诉我，帕特，窗子里面是什么？"

"是一只胳膊，主人！"

"一只胳膊！你这个呆鹅，天下哪有这么大的胳膊？它填满了整个窗户呢！"

"是的，主人，这确实是一只胳膊。"

"别废话，现在去把它拿走吧！"

安静了好一会儿，爱丽丝偶尔听到几句细微的对话，如：

"主人，我很怕它！"

"照我说的办，你这个胆小鬼！"

最后，爱丽丝张开手，在空中抓了一把，这一次，她听到了两声尖叫和更多的打碎玻璃的声音。

"这里一定有很多黄瓜架子！"爱丽丝想，"不知道他们接下来要做什么，是不是要把我从窗户拉出去呢？我真希望他们这样做，我可不想再待在这个鬼地方了！"

爱丽丝等了一会儿，没有听到其他声音，后来传来了车轮声和很多人说话的嘈杂声：

"另一个梯子呢？""——啊，我只拿了一个，另一个在比尔那里——比尔，拿过来——放在这个角上——不，先绑在一起——现在还没一半高呢——比尔，抓住这根绳子——屋顶承受得了吗？——那块瓦片松了——掉下来了！快低头！——""现在谁来干？——我觉得比尔合适——谁要从烟囱里下去呢？——不，我可不干！——你干！——我不做——比尔！主人说让你下烟囱！"

"这么说比尔要进到房子里面来了。"爱丽丝对自己说，"他们把所有事都推给比尔做，我可不想成为这个比尔——这个壁炉很窄，不过我应该还可以踢一下的。"

她把伸进烟囱里的脚缩了缩，等到一个小动物在烟囱里莽莽撞撞地接近她的脚时，她想："这就是比尔了。"同时狠狠地踢了一脚，然后等着看下面会发生什么。

外面立刻响起了大呼小叫的声音，她先是听到有人在喊："天哪！是比尔，比尔怎么向上飞了呢？"然后是白兔的声音："哦不，快接住他，站在篱笆边的人，快啊！"安静了一会儿，接着又是一阵忙乱的声音："抬起他的头——快点儿，布兰迪——不要呛着他了！——怎么样？刚刚怎么了？告诉我们！"

之后，一个虚弱的声音传来，爱丽丝认为那是比尔的声音："我不知道——谢谢你，我好多了——我太慌了，说不清楚，就是——一个像盒子里的玩具的东西突然向我弹过来——然后——我整个人就飞起来了！"

"噢比尔，你刚刚真像火箭！"另一个声音赞叹道。

"我们必须烧房子！"爱丽丝听到兔子这样说。

爱丽丝大喊道："要是你们敢这样做，我就放戴乐来咬你们！"

Peter Newell

随后，外面不再有人说话了，也没有了其他声音，爱丽丝想："不知道他们想做什么，如果他们够聪明的话，应该把屋顶拆掉。"

过了一两分钟，他们开始有动作了，爱丽丝听到兔子说："先用一车吧。"

"一车什么？"爱丽丝纳闷儿，但不多一会儿她就知道了——外面传来了隆隆的声音，小石头疯狂地从窗子扔进来，爱丽丝的脸上挨了不少下。

"我要阻止他们。"爱丽丝对自己说。然后她大喊道："你们最好给我住手！"

外面又安静了下来。

爱丽丝惊奇地发现，那些小石头落下不一会儿，居然就变成了小饼干！她不禁想了起来："如果吃上一块，说不定我的身体又会发生变化。还会再继续变大吗？应该不会，因为我已经变得不能再大了。那就一定会变小，太好了。"

于是，爱丽丝吃了一块小饼干。她的身体迅速缩小了，一直缩到能够穿过门时，她迅速地跑出了屋子。她见到一群小动物守在门外，一只可怜的小蜥蜴正虚弱地躺在地上，旁边围着两只豚鼠正在照顾他，喂他从瓶子里倒出来的东西。那个躺着的小家伙应该就是比尔吧，爱丽丝想。

爱丽丝一出现，他们立刻围上来，她拼命跑掉了，不久后平安来到了一处茂林里。

Peter Newell

爱丽丝在林中漫步时自言自语道："首先，我要把自己变回原来的样子，然后再去找那条通向美丽花园的路。这是我的最佳计划。"

听起来确实是一个好计划，而且安排得很简单利索，唯一困难的就是她不知道怎样才能做到。正当爱丽丝在树林里着急地四处打量时，她的头顶传来几声犬吠，爱丽丝顺着声音抬头看。

一只巨大的狗正瞪着又圆又大的眼睛，还轻轻地伸出一只爪子想要抓她。"小东西！"爱丽丝一边哄着他，一边努力地向他吹口哨。其实爱丽丝心里怕得要命，要是他饿了，不管自己怎么哄他，他还是会把自己吃掉。

爱丽丝感到有些绝望，她捡起一根树枝，向小狗抢过去。小狗立刻跳了起来，高兴地汪汪叫着，向树枝冲过去，想要咬树枝。爱丽丝借机躲进一排蓟树后面，避免被小狗撞到。她刚躲到另一边，小狗就向树枝发动第二轮进攻，但他太急了，害自己栽了个跟头。爱丽丝觉得自己像在跟一匹马玩耍，随时都会被他踩在脚下。于是，爱丽丝围着蓟树转起了圈。那只小狗向树枝发动了一连串的进攻，但每一次都太急了，他一边后退着，一边狂叫着。

最后小狗累得实在站不住，在远处蹲了下来，呼哧呼哧地喘着粗气，舌头伸出老长，大眼睛也半闭着。

爱丽丝见状，一刻都没有停留，转身拔腿狂奔而去，一直跑到听不到小狗的吠声，才敢停下来。

Peter Newell

"可惜啊，这真是一只可爱的小狗！"爱丽丝靠着一棵毛茛，摘下一片毛茛叶，拿在手里扇起风来，边休息边自言自语，"要是我没变这么小就好了，那样我就可以逗逗他，跟他玩更多的游戏。让我想想，到底要怎样才能长大呢？我应该吃一点儿或喝一点儿什么东西，可是该吃什么呢？"爱丽丝一边说着，一边认真思考起来。

最大的问题确实是要吃点儿或者喝点儿什么东西，爱丽丝开始在四周找起来，可是这附近不是野花就是灌木，根本没有可以吃到肚子里的东西。

不远处有一个巨大的蘑菇，差不多和她一样高，她细细地看了蘑菇的下面和背面，想着应该也要看看上面有什么东西才对。她踮起脚尖，惊奇地发现，在蘑菇的上面有一只蓝色的大毛毛虫！他正环着自己的手脚，惬意地吸着烟袋，看来毛毛虫还不知道有人来了。

第五章　毛毛虫的建议

　　毛毛虫和爱丽丝彼此沉默地看了好一会儿，最后，毛毛虫从嘴里拿出了烟管，用极其缓慢的语速问道："你——是——谁？"

　　这可不是鼓励人聊天的开场白，爱丽丝犹犹豫豫地回答道："这个……其实我也不能确定，早上起床时，我还知道我是谁，可是我的身体一直变来变去，所以……现在我已经不知道自己是谁了。"

　　"你这话是什么意思？"毛毛虫严厉地说，"现在解释给我听！"

　　"我没法儿解释，先生，"爱丽丝说，"我已经不是我自己了，你看。"

　　"我看不出。"毛毛虫说。

　　"我想我已经解释得很清楚了，"爱丽丝礼貌地回答，"因为我也不知道是怎样开始的，在一天里变大变小好几次真的把我搞糊涂了。"

　　"不会。"毛毛虫说。

　　"或许你还没有亲身体会过，"爱丽丝说，"当你有一天变成

Peter Newell

一只蛹，然后再变成蝴蝶时，我想你也会觉得奇怪不是？”

“一点儿也不会。”毛毛虫说。

“哦，可能你的感觉和我的很不一样，”爱丽丝说，“这些事对我来说真的很奇怪。”

“你？”毛毛虫轻蔑地问道，“你——是——谁？”

天哪，这同一个问题究竟要被这只虫子问几遍呢？这句话又把他们带回了谈话的开头。毛毛虫那些简短敷衍的回答让爱丽丝有点儿生气了，她挺直了身子，语气强硬地反问道：“那么，我想还是你先告诉我，你究竟是谁呢？”

“我为什么要告诉你呢？”毛毛虫回答道。

这又是一个难题，爱丽丝不知道要怎么回答，毛毛虫看来不太高兴，于是爱丽丝转身走了。

“快回来，”毛毛虫在她身后喊道，“我有重要的事情要告诉你。”

这话听起来挺有效果的，爱丽丝转过身子回来了。

“控制你的脾气。”毛毛虫说。

爱丽丝的火气噌的一下又蹿了上来，她尽量忍住了：“这就是你要说的重要的事吗？”

“不是。”毛毛虫说。

爱丽丝想着也没其他事做，不妨就在这里等一等，也许最后他会告诉自己一些有用的话呢。在接下来的几分钟，毛毛虫只是吸着烟袋不说话，最后他松开胳膊，拿出烟袋，对爱丽丝说："你认为自己已经变了，是吗？"

"恐怕是的，先生。"爱丽丝说，"我现在好多事情都不记得了，而且连把同样的身体保持十分钟不变都做不到。"

毛毛虫问道："你忘了什么事情呢？"

"老师上课的时候教给我们的课文，我就已经记不起来了。就拿那篇《多么忙碌的小蜜蜂》来说，我现在一个字都想不起来了。"爱丽丝苦恼地说。

"那你背背那篇《你老了，威廉爸爸》吧。"毛毛虫说。

爱丽丝把两只手交叉放好，开始高声背诵：

　　年轻人说道：
　　"你已经老了，我的威廉爸爸。
　　看你那一头雪白的头发，
　　你却还要常常做倒立，
　　这可不是这个年纪该做的。"

　　"我年轻的时候不敢这么做，
　　那是因为我担心弄伤了脑子，"
　　威廉爸爸这样对儿子说道，
　　"可是现在的我已经没有脑子了，
　　所以我可以尽情地做，
　　并且做了一遍又一遍。"

Peter Newell

"你已经老了，"

儿子说道，

"就像我刚刚说的那样，

你已经变得这么肥胖，

可你却能一个空翻翻进门来，

你是怎么做到的？快给我讲讲。"

"在我还年轻的时候，"

威廉爸爸摇晃着灰白的脑袋说道，

"我总是让关节保持柔软灵巧，

就是靠这种一先令①一盒的药膏，

这个你要不要？

用起来真的是很好。"

"你已经老了，"

儿子说道，

"你的牙口应该已经

衰弱得只能喝些稀汤，

可是你却把一整只烧鹅，

---

① 先令：英国的旧货币单位，二十先令为一英镑。

连骨带皮地全都吃光，
你如何能做到这样？"

"在我年轻的时候，"
老人说道，
"我每天都在研究法律条文，
并且对于每一宗案件，
我都会和妻子认真讨论，
所以我面部肌肉才如此发达，
这真让我受益终身。"

"你真的老了，"
儿子说道，
"你的眼神已经不再闪射出精光，
可是，你却能把一条鳗鱼立在鼻子上，
这你是怎么做到的？"

"别说了，"
威廉爸爸说，
"我已经回答三个问题，够多啦，
别再没大没小，
如果你再跟我胡扯下去，

看我不把你踹下楼梯！"

"不对不对，你背错了。"毛毛虫说。

"是啊，我自己也感觉到了，有些字词都已经变了。"爱丽丝不好意思地说。

"从头到尾都错了。"毛毛虫直接说。

然后他们又沉默了几分钟。

毛毛虫首先说道："你想变成多大尺寸呢？"

"我不在乎多大尺寸！"爱丽丝急忙说，"但是，我不喜欢老是变来变去，你知道的！"

"我不知道。"毛毛虫说。

爱丽丝不说话了，她还不曾这样被人反驳过，她感觉自己要发脾气了。

"你满意现在的样子吗？"毛毛虫说。

"哦，先生，如果你不介意的话，我想变大一点儿。"爱丽丝说，"像现在这样才三英寸，这个高度对我来说太可笑了，我应该比这高得多才对。"

毛毛虫可被爱丽丝的这个回答气得够呛，他大声地嚷嚷道："这是一个完美高度！"他说话时还挺直了身子——刚好是三英寸高。

"可我不习惯这个高度啊。"爱丽丝可怜巴巴地说道，心里在想，希望这个家伙别那么容易生气才好。

"你很快就会习惯的。"毛毛虫说完又抽起烟袋来了。

爱丽丝耐心地等着他开口，几分钟后，毛毛虫从嘴里拿出烟管，打了个哈欠，摇晃了一下身子，从蘑菇上爬下来，向草地爬去，边爬边说："一边能让你长高，而另一边则会让你变矮。"

"什么东西的一边，什么东西的另一边呢？"爱丽丝想。

"那个蘑菇。"毛毛虫说，仿佛知道爱丽丝在想什么。说完，毛毛虫一下子消失了。

接下来的几分钟，爱丽丝都在端详那只巨型蘑菇，想着哪里才是它的两边。可是这蘑菇圆滚滚的，爱丽丝怎么也辨别不出它的两边。最后，她伸出双臂抱着它，两只手尽量往两边伸，在左边掰下了一块蘑菇，在右边也掰下了一块蘑菇。

"可现在是哪一边呢？"爱丽丝把右手握着的蘑菇放到嘴边，咬了一口。突然她觉得下巴碰到了什么——原来是下巴碰到脚背了。这个变化，着实让爱丽丝吃了一惊，她立即把左手上的蘑菇也放到嘴边，但是下巴被脚顶得太紧，她好不容易才吃下去一点点。

"噢，我的头终于自由了！"可转眼间，爱丽丝由高兴变成了惊恐，因为她看不到自己的肩膀了——她往下看时只能看到很长很长的脖子，就像是绿色海洋里冒出的一株长茎。

"那些绿色东西是什么呢？"爱丽丝说，"我的肩膀呢？我可怜的双手在哪里？我还能再见到你们吗？"她边说边挥着双手，

Peter Newell

可是除了远处的树林中有一点儿动静外，她什么都没有看到。

看来爱丽丝的手没法儿举到头上来了，于是，她试着把头低下去靠近手，她高兴地发现自己的脖子可以像蛇那样随意地扭转。她把脖子朝下，弄成一个"Z"形，伸进那些绿色叶子中。她发现这些绿色叶子就是她刚才在下面游逛过的树林的树梢。

就在这时，一声尖叫吓得爱丽丝缩回了头，一只大鸽子向她猛飞来，扑棱着翅膀疯狂地拍打她。

"蛇！"鸽子声嘶力竭地喊道。

"我可不是蛇。"爱丽丝生气地说，"你走开！"

"我再说一遍，蛇！"鸽子重复道，她的声音很低，末了还呜咽起来，"我试过很多方法，都没能让他们满意！"

"我完全不懂你在说什么！"爱丽丝说。

"我试了树根，试了河岸，还试了篱笆，"鸽子没有理会她，自顾自地说着，"可是这些蛇！这些都没能阻挡他们！"

爱丽丝越来越觉得奇怪了，但是她想，要是鸽子不说完自己的话，是不会让别人插嘴的。

"孵蛋本来就很麻烦，"鸽子愤愤地说，"我还得从早到晚盯着你们这些蛇！我都连续三周没睡过觉了！"

"我很同情你的遭遇。"爱丽丝开始明白她的意思了。

"我把家搬到树林里最高的树上，"鸽子继续说，声音越来越尖，"我以为已经摆脱你们了，结果你还是从天上绕下来了。这些可恶的蛇！"

"我可不是蛇，"爱丽丝解释道，"我是一个……一个……"

"你是什么呢？"鸽子说，"我看你是想撒谎呢！"

"我就是一个小女孩儿啊。"爱丽丝犹豫地说，因为她想起这一天经历了多少变化。

"小女孩儿？说得倒挺像真的。"鸽子冷笑着打断爱丽丝的话，并且用非常鄙夷的语气说道，"看一看你自己的样子吧，没有女孩儿会长成这副怪样子，你明明就是一条蛇，辩解也没用！你是不是还要告诉我，你从没吃过一个蛋？！"

"我是吃过很多蛋，"爱丽丝说，"你知道，小女孩儿也像蛇那样吃很多蛋的。"

"我不信，"鸽子说，"假如她们也吃蛋的话，我只能说她们是一种蛇。"

这对于爱丽丝来说真是个新鲜的概念，她愣了好几分钟。于是鸽子继续说："我知道你在找蛋，对于我来说，你是蛇还是小女孩儿已经不重要了！"

"但是这对我很重要！"爱丽丝急忙说，"老实说，我不是在找蛋，就算我是在找蛋，我也不想要你的，我不喜欢吃生蛋！"

"哼，那就走开！"鸽子一边生气地说，一边飞下去钻进窝里。爱丽丝试着使劲往树林里蹲下来，但是她的脖子常常会被树枝钩住，要随时停下将其解开。

过了一会儿，她想起手里还有两块蘑菇，于是小心地咬了这块一口，又咬了那块一口，然后，她就一会儿长高，一会儿缩小，最后终于恢复了自己平常的高度。

爱丽丝已经很久没在正常高度了，她开始觉得有点儿不习惯，不过几分钟后就习惯了。她又像往常那样自言自语："好啊，现在我的计划已经完成一半了，这些变化真的是太神奇了！我无法知道下一分钟自己会变成什么样。不管怎样，我现在总算回到自己原来的高度了，下一件事就是要去那个美丽的花园——但是我要怎么去呢？"

爱丽丝边说边来到了一片空地，这里有一座四英尺高的小房子。

"不管是谁住在这儿，"爱丽丝想，"我现在这个样子定会把他们吓得魂不附体。"于是爱丽丝又咬了一小口右手上的蘑菇，一直到自己变成九英寸的高度，才靠近那座小房子。

第六章　小猪和胡椒

爱丽丝小心翼翼地来到房子前面，站了一两分钟，想着自己该怎么进到这所房子里。

就在这时，树林里跑出来一个穿着制服的仆人（要不是他穿着制服，爱丽丝会以为他是一条鱼），嘭嘭地敲着门。

房门被打开了，一个青蛙长相的人走了出来，他看起来也是一个仆人。爱丽丝注意到这两个仆人都戴着涂了粉的假发。她很想知道会发生什么事，于是蹑手蹑脚地在树林边偷听。

鱼仆人从胳膊下拿出一封很大的信，这信几乎有他的身子那么大，然后把信递给另一位仆人，同时用很庄严的语调说："致公爵夫人：王后邀请她去打槌球。"

那位青蛙仆人用同样庄严的语调重复道："王后圣谕：请公爵夫人去打槌球。"

然后他们向对方深深地鞠了个躬，这让他们的假发缠在了一起。

这情景惹得爱丽丝笑了起来，她赶紧跑回树林，免得被他们听到。等她再出来偷看时，鱼仆人已经走了，另一位仆人在

Peter Newell

门口坐了下来，仰起脸呆呆地望着天空。

爱丽丝怯怯地走到门口，敲了敲门。

"没用的，"青蛙仆人说，"有两个原因：第一，因为负责开门的仆人——也就是我——现在也在门外；第二，里面很嘈杂，没人能听到你的敲门声。"确实，里面传来了嘈杂声，有不断号叫的声音，有打喷嚏的声音，还有不时打碎东西的声音，听着像打碎了盘子或茶壶。

"那么，请告诉我，"爱丽丝说，"我该怎么进去呢？"

"如果我们隔着这扇门，你敲门或许有用。"青蛙仆人不理会爱丽丝，继续说道，"假如你在里面敲门，我也能让你出来。"

他说话时，眼睛一直盯着天空，爱丽丝觉得他很不礼貌。"或许他控制不了，"爱丽丝对自己说，"他的眼睛差不多长到额顶了，但他还是能回答问题的——我该怎么进去呢？"因此，爱丽丝又大声重复道。

"我坐在这里，"青蛙仆人继续说，"直到明天……"

就在这时，门突然开了，一个盘子朝着青蛙仆人的头飞了过来，擦过他的鼻子，撞到他身后的一棵树上。

"……或许再过一天。"青蛙仆人继续淡定地说着，就像什么也没发生过。

"我该怎么进去呢？"爱丽丝提高了声音，再次问道。

"你到底要不要进去呢？"仆人说，"这是首要问题。"

这当然是对的，不过爱丽丝可不愿意承认。"真讨厌，"她喃喃自语,"这里的人说话的方式真令人抓狂。"

青蛙仆人觉得这时候该重复自己的话了,不过他稍微改变了一下说法:"我要从早到晚坐在这里,每天如此。"

"那我该做什么呢?"爱丽丝说。

"你想做什么就做什么呀!"青蛙仆人说完就吹起口哨来。

"唉,跟他说话完全没用,"爱丽丝失望地说,"他就是个白痴!"然后她推开门自己进去了。

这扇门直通一间大厨房,厨房不断有烟雾冒出来。公爵夫人坐在厨房中央一张三脚小凳上面,手里抱着一个婴儿。厨师在搅拌着炉子上的一锅汤。

"汤里的胡椒肯定放多了!"爱丽丝一边对自己说,一边打着喷嚏。

空气里的胡椒味实在太浓了,连公爵夫人也不住地打喷嚏。那个婴儿不是打喷嚏就是哭叫,一刻也不消停。在这间厨房里,只有两个生物不打喷嚏,就是那个厨娘和一只大猫,那只大猫正趴在炉子旁,咧着嘴笑。

爱丽丝简直太惊讶了。"请告诉我,"她有点儿羞怯地问,"为什么你的猫会笑呢?"

"这是柴郡①猫,"公爵夫人不屑地说,"这就是他为什么会笑。笨蛋!"

---

① 英国英格兰西北部的郡。

公爵夫人语气很凶地说出最后两个字，把爱丽丝吓了一跳。但是爱丽丝马上发现她是在跟婴儿说话，于是又鼓起勇气，继续往下说："我不知道柴郡猫会笑，应该说，我都没见过会笑的猫呢。"

"猫都会笑，"公爵夫人说，"大部分都会笑。"

"我一只都没见过呢。"爱丽丝非常有礼貌地说，她很高兴她们开始了谈话。

"你知道得太少了，"公爵夫人说，"这是个事实。"

爱丽丝不喜欢公爵夫人这种谈话的语气，她想换个话题。正当她苦思着要说什么话题时，厨娘把锅从火炉上端走了，然后把手边能拿到的东西都扔向公爵夫人和婴儿。第一个飞过来的是火钩，随后，平底锅、盘子和碟子急风骤雨般地飞来。公爵夫人一点儿都不理会，甚至不在意被打到。而那婴儿已经在哭叫了，也不知道这些盘子碟子打到他没有。

"啊，小心点儿！"爱丽丝尖叫了一声，吓得气都快喘不过来了，"小心他那小鼻子！"一口大平底锅擦着鼻子飞过，差点儿就把他的鼻子弄掉了。

"如果每个人都关心自己的事，"公爵夫人用嘶哑的声音说，"地球就会比现在转得快一点儿。"

"这并没有什么好处，"爱丽丝接话，她很高兴能有机会炫耀一下自己学的知识，"想想白天和黑夜会变成什么样子！要知道地球自转一圈需要 24 个小时呢。"

Peter Newell

"说到这里，"公爵夫人说，"砍下她的头！"

爱丽丝不安地看了厨娘一眼，担心她会执行这个命令，厨娘似乎没有听到，她正忙着搅拌那锅汤。于是爱丽丝继续说："24 个小时，还是 12 个小时呢，我……"

"别烦我！"公爵夫人说，"我搞不懂这些数字！"她说完就照顾婴儿去了。

她唱着催眠曲，唱到每一句的最后，总要把孩子猛地摇几下。

要粗鲁地对你的小男孩儿说话，
在他打喷嚏时要打他，
他这样只是为了捣乱，
因为他觉得这样很好玩。

合唱（厨娘和婴儿也加入）：

哇！哇！哇！

在公爵夫人唱第二段时，她把婴儿上下抛来抛去，可怜的小家伙一直在撕心裂肺地哭叫，爱丽丝都听不清歌词了：

我对我的孩子说话严厉，

他一打喷嚏我就打他，

只要他高兴，

随时可以品尝胡椒的味道。

合唱：

哇！哇！哇！

"来！你愿意的话，就抱他一会儿吧！"公爵夫人一边跟爱丽丝说话，一边把手里的婴儿一抛，"我得陪王后去打槌球了，再见。"说完就匆忙走出了房间。在她往外走时，厨娘向她扔了一口煎锅，但是没打着。

爱丽丝艰难地抓住那个婴儿，他的样子很奇怪，胳膊和腿向各个方向伸展。"真像只海星。"爱丽丝想。在她抓住他时，这个小家伙像蒸汽机那样哼哼着，还睡得很不安稳，不停地动来动去，让爱丽丝差点儿抓不住。

她刚找到抓住他的方法（像打结那样把他缠在一起，然后抓住他的右耳朵和左脚），就把他带到屋子外面去了。"如果我不把他带走，"爱丽丝想，"一两天他就会被打死的。把他扔在这里不就等于杀了他吗？"说到最后一句时，小家伙咕噜了一声，好像在回答爱丽丝。

"别咕噜了，"爱丽丝说，"这听起来真不好。"

　　小家伙又咕噜了一声，爱丽丝忐忑地看了看他，想知道到底是怎么回事。只见这婴儿鼻子撅着，完全就是一个猪鼻子；他的眼睛也变得越来越小，压根儿不像一个婴儿。爱丽丝很不喜欢这个模样。

　　"也许他只是在哭呢。"她边想边看着他的眼睛，可是那里并没有眼泪。

　　"亲爱的，如果你变成一只猪，"爱丽丝严肃地说，"我就不再理你了。"那小家伙又咕噜了一声，然后他们默默地走了一会儿。

　　爱丽丝想着："要是我回家了，这小家伙怎么办呢？"这时，婴儿猛地咕噜了一声，爱丽丝立刻盯着他的脸，没错，他完全变成了一只猪。要是继续带着他，那就太可笑了。

　　于是爱丽丝把那小家伙放下，他一溜烟地跑进了树林。"如果他长大的话，"爱丽丝对自己说，"要么变成一个丑孩子，要么就是一只漂亮的猪。"

　　爱丽丝在想她认识的孩子里，哪个变成猪会比较像，她站在那里出神地想着："只要有人知道让他们变身的方法……"突然，一张大脸出现在爱丽丝面前，把她吓了一跳。原来是那只柴郡猫，他坐在几码远的一根树枝上。那只猫笑着看爱丽丝，看起来脾气很好。爱丽丝想，他有锋利的牙齿和爪子，自己还是对他尊重点儿比较好。

　　"柴郡猫？"爱丽丝怯怯地说，因为不知道他喜不喜欢这个

Peter Newell

名字，可是，他的嘴咧得更大了。

"他似乎心情不错。"爱丽丝心想。然后她继续说："你能告诉我，离开这里应该走哪条路吗？"

"那就看你想去哪儿。"柴郡猫说。

"我不太在乎去哪儿……"爱丽丝说。

"那你走哪条路都没关系。"柴郡猫说。

"只要我可以到某一个地方。"爱丽丝补充道。

"哦，那就好办，"柴郡猫说，"只要你走得够远。"

爱丽丝认为这句话无法否认，于是她尝试换了另一个问题："这附近都住了什么人呢？"

柴郡猫把右爪挥了一圈，"如果你走右边的路，会遇见疯帽子。"又挥了一下左爪，"如果走左边的路，会经过三月兔的家。你随便去见哪个人都行，反正他们都是疯子。"

"我可不想见到疯子！"爱丽丝回答。

"这可没法子。"柴郡猫说，"难道你没发现这里的每个人都是疯子吗？"

"你怎么知道我是疯子呢？"爱丽丝问。

"那是一定的，"柴郡猫说，"不然你也不会到这儿来了。"

爱丽丝觉得这根本证明不了什么。不过，她还是继续问道："你怎么知道你是疯子呢？"

"我们先说这个，"猫说，"狗不是疯子，对吧？"

"我想应该不是的。"爱丽丝说。

"那么，"猫接着说，"你知道，狗生气时就会吠，高兴时就会摇尾巴。可是，我高兴时就会叫，生气时就会摇尾巴。所以，我是疯子。"

"我觉得这是咕噜声，而不是叫声。"爱丽丝说。

"随你怎么说吧。"猫说，"你今天要和王后打槌球吗？"

"我是很喜欢打槌球，"爱丽丝说，"可是我没有收到请柬呢！"

"我们在那儿见面吧！"说着说着，柴郡猫突然消失了。

看见柴郡猫消失不见了，爱丽丝并没有感到惊慌，她已经习惯这里出现的任何怪事了。当爱丽丝还盯着猫消失的地方时，他突然又出现了。

"顺便问一句，那个婴儿变成什么了？"柴郡猫说，"我差点儿忘记问了。"

"他变成一只猪了。"爱丽丝淡定地回答，仿佛再次看到柴郡猫是一件很寻常的事。

"我猜也是。"说完，他又消失了。

爱丽丝等了一会儿，想着会不会再见到柴郡猫，但是他没有再出现。

于是爱丽丝往三月兔住的方向走去。"我也会去疯帽子那里的。"她对自己说，"三月兔应该很有趣，现在是五月，他应该不会很疯，起码不会比三月疯。"说着说着，爱丽丝又看到了柴郡猫，他仍坐在一根树枝上。

"你刚刚说的是一只猪，还是一棵无花果树^①？"柴郡猫问。

"我说的是猪。"爱丽丝回答，"我希望你不要这么突然地出现，又突然地消失，我都被你搞晕了。"

"好。"猫说完后，再次消失了。这次他消失得比较慢，从尾巴梢开始，一直到笑脸，而笑脸在身体消失很久后还停留了一下。

"我常常看到没有笑脸的猫，"爱丽丝想，"但是没有见过没有猫的笑脸呢。这真是我这辈子见过的最奇怪的事了！"

没走多远，爱丽丝就看到一座房子，这房子一看就是三月兔的，因为那烟囱像长耳朵，屋顶盖着兔子毛。房子看起来很大，她不太敢靠近。爱丽丝咬了一口左手的蘑菇，等自己长到两英尺高，才慢慢地走近。她一边走一边对自己说："他会不会很疯呢？早知道我就去找疯帽子了！"

---

① 英文中的"猪"（pig）和"无花果"（fig）只有一个字母之差。

第七章　疯狂的茶会

屋子前面种着一棵高大的树，树下面放着一张长桌，三月兔和疯帽子正坐在桌子旁边喝茶，一只睡鼠在他们中间睡着了。他们两个把睡鼠当作抱枕，把胳膊撑在他上面，并在他的头顶上说话。

"这只睡鼠多不舒服哇，"爱丽丝想，"不过他睡着了，应该也没感觉了。"

桌子很大，但是他们三个都挤在桌子的一角，看到爱丽丝走近时，他们喊道："没地方啦！没地方啦！"

"这不是有很多地方吗？"爱丽丝不悦地说，然后走到桌子另一旁的一张大扶手椅上坐了下来。

"喝些酒吧。"三月兔热情地说。

爱丽丝环视了一下桌子，除了茶之外什么都没有。"我没有看到酒哇！"爱丽丝回答。

"根本就没有酒。"三月兔说。

"那你让我喝酒就太不礼貌了。"爱丽丝生气地说。

"那你没被邀请就坐下来，也很不礼貌。"三月兔回击。

"我不知道这是你的桌子，"爱丽丝说，"这桌子可以坐下很多人呢！"

"你的头发该剪了。"疯帽子好奇地盯了爱丽丝很久，终于开口了。

"随便评论别人也是很不礼貌的。"爱丽丝严肃地说。

疯帽子瞪着眼睛看着，突然说了句："为什么乌鸦像写字桌呢？"

"终于有些好玩的事情了！"爱丽丝想。

"我们来玩猜谜语吧，我一定能猜对的。"她大声地说。

"你的意思是，你知道答案？"三月兔问。

"没错。"爱丽丝说。

"那你把你想的说出来吧。"三月兔继续说。

"我会的，"爱丽丝急忙回答，"至少……至少我说的就是我想的——这是一码事。"

"根本就不是一码事。"疯帽子说，"这么说来，'我看到我吃的东西'和'看到的东西我都吃'是一样的了？"

三月兔在旁边补充："那么，'我的东西我都喜欢'和'我喜欢的东西都是我的'也是一样的了？"

睡鼠像说梦话般插嘴："那么说，'我呼吸时睡觉'和'我睡觉时呼吸'也是一样的了？"

"对你来说是一样的。"疯帽子对睡鼠说。谈话就此中断，大家沉默了一会儿。爱丽丝却一直想着乌鸦和写字桌的事，可是她没能想到什么。

疯帽子首先打破了沉默，他从衣兜里摸出了一块怀表，问爱丽丝："你记不记得今天是几号？"他一边说着，一边不时地摇晃着怀表，再拿到耳边听着。

"嗯，应该是 4 号。"爱丽丝想了想，回答道。

"错了两天，"疯帽子叹气，"我说了不该加奶油的！"疯帽子生气地转向三月兔。

"这是最好的奶油呢。"三月兔好脾气地说。

"话是这么说，可是也掉进了不少面包屑呢，"疯帽子嘟囔着，"你不应该用面包刀盛奶油的。"

三月兔沮丧地拿着怀表看，然后把怀表扔进茶杯里泡了一会儿。然后，他又把怀表捞上来看看，口中一直说着："这是最好的奶油呢。"

爱丽丝好奇地越过三月兔的肩头看了看，说道："太奇怪了，这到底是什么怀表哇，上面居然只有日期，没有时间。"

"为什么要有时间呢？"疯帽子咕哝，"你的表会告诉你今年是哪一年吗？"

"当然不会，"爱丽丝爽快地回答，"年份一年内都不会变，可时间不一样。"

"这就和我的表没有时间是一样的。"疯帽子说。

爱丽丝觉得很莫名其妙，她完全听不懂疯帽子的话，但他说的的确是英语。

“我听不懂你的话。”爱丽丝很礼貌地说。

“睡鼠又睡着了。”疯帽子说着，然后在睡鼠的鼻子上倒了一些热茶。

睡鼠立刻摇了摇头，没睁开眼就说：“当然，当然，我正准备这么说的。”

“你猜到那个谜语了吗？”疯帽子转向爱丽丝。

“我猜不出来，”爱丽丝回答，“谜底到底是什么？”

“我也猜不出来。”疯帽子说。

“我也是。”三月兔说。

爱丽丝叹了一口气：“我觉得你应该好好利用时间，猜这种没有谜底的谜语，简直是浪费时间。”

“如果你和时间很熟悉，”疯帽子说，“你就不会说‘时间’，而是说‘朋友’。”

“我不懂你在说什么。”爱丽丝说。

“你当然不懂，”疯帽子得意地摇晃着头，“我敢说你从来没有跟时间说过话。”

“也许吧，”爱丽丝谨慎地回答，“但我知道学音乐时要跟着时间来打节拍。”

“啊！”疯帽子说，“他最不喜欢被人打了。如果你跟他处得不错，他会让钟表做你想做的事。比如说，现在是早上九点，是开始上课的时间，你只要跟时间说一声，他就会嗖的一下把钟表调到下午一点半！那样你就可以不用上课而直接吃饭了！”

"我也希望这样。"三月兔嘀咕着。

"那太棒了！"爱丽丝又想想说，"可是如果我还不饿呢？"

"你可以让钟表保持在一点半啊，时间会一直停在那里，直到你饿了。"疯帽子说。

"你就是这样做的吗？"爱丽丝问。

"现在不行了，"疯帽子伤心地摇摇头，"我和时间在三月份吵架了——就在他发疯之前（他用茶匙指了指三月兔），那是在红心王后举办的音乐会上，我唱了：

　　'一闪一闪小蝙蝠，
　　　我想知道你是什么。'

你应该听过这首歌吧？"

"我听过一首和这个很像的。"爱丽丝说。

"下面是这样的，"疯帽子继续说，

　　'你飞得那么高，
　　　就像天空中的茶盘，
　　　一闪一闪……'"

那只在沉沉睡着的睡鼠摇了摇身体，在睡梦中唱道："一闪，一闪，一闪，一闪——"直到他们掐了他一下才停下来。

"我还没唱完第一段，王后就发起火来，她大声地喊道：'真是岂有此理，他简直在浪费时间，来人，砍下他的头！'"疯帽子说。

"这太残忍了！"爱丽丝喊道。

疯帽子伤心地继续说着："从那以后，它就定格在当时那个时刻，就是下午六点钟，以后再也不走了。"

爱丽丝突然想到什么，问道："哦，这就是这里这么多茶具的原因吗？"

"嗯，就是这个原因。"疯帽子叹息道，"我们也只有喝茶的时间，连洗茶具的时间都没有了。"

"所以你们就一直围着桌子转？"爱丽丝问。

"是的，"疯帽子说，"用完这个茶具，我们就用下一个。"

"那你们转完了怎么办呢？"爱丽丝继续问。

"我们换一个话题吧。"三月兔一边打着哈欠一边插嘴，"我都听腻了，让小女孩儿来讲个故事吧。"

"可是我不太会讲故事。"爱丽丝说，她对这个建议有点儿慌。

"那么，让睡鼠来讲一个吧！"他们一起喊道，"醒醒啊睡鼠！"同时在两边一起掐他。

睡鼠慢慢张开眼睛。"我没有睡着，"他有气无力地说着，"你们说的每一句话我都听到了呢。"

"给我们讲个故事吧！"三月兔说。

"讲一个故事吧！"爱丽丝恳求着。

"要快点儿讲哟，"疯帽子加了一句，"不然故事没讲完你又睡着了。"

睡鼠急忙讲了起来："很久很久以前，有三个快活的姐妹，她们的名字分别是艾尔西、莱斯和蝶丽，她们以一口深井为家……"

"她们靠吃什么活呢？"爱丽丝总是很关心吃喝问题。

睡鼠想了一下，继续说："她们的食物是糖浆。"

"这怎么可以呢，她们会生病的。"爱丽丝轻声地说。

"正因为这样，她们生病了。"睡鼠说。

爱丽丝努力想象只有糖浆的井底生活是什么样子的，可是太难了，于是，她继续问："她们为什么要住在井底呢？"

"多喝点儿茶吧！"三月兔认真地对爱丽丝说。

"我都还没喝过呢，"爱丽丝生气地说，"又怎么多喝点儿呢？"

"你的意思是说不能喝少了，"疯帽子说，"比没有喝来说，多喝点儿容易多了。"

"没人问你的意见！"爱丽丝说。

"现在是谁有意见了？"疯帽子得意扬扬地说。

爱丽丝不知道该说什么好，就自己去倒了点儿茶，拿了点儿奶油和面包，又向睡鼠重复她的问题："她们为什么要住在井底呢？"

睡鼠想了一会儿，说："因为那是一口糖浆井。"

"这样的井不存在！"爱丽丝生气了，疯帽子和三月兔一直发出"嘘！嘘！"的声音，睡鼠闷闷不乐地说："如果你这样不礼貌，那这个故事就由你来讲吧。"

"不，请你继续讲吧！"爱丽丝恳求道，"我再也不插嘴了，我们就当有这么一口井吧。"

"当然有！"睡鼠愤愤地说，然后继续往下讲，"这三个小姐妹去学画画。"

"她们都画了些什么？"爱丽丝就是这样，总是忍不住要提问题。

睡鼠直接吐出两个字来："糖浆。"

"我想换一只干净的茶杯，"疯帽子插话了，"我们来移动一下位子吧。"

他说着就挪到下一个位子，睡鼠也跟着挪了，三月兔挪到了睡鼠的位子上，爱丽丝也不情愿地挪到三月兔的位子上。这次的移动只有疯帽子从中得利，爱丽丝的位子比之前的差远了，因为三月兔刚刚把牛奶罐给打翻了。

爱丽丝不想再惹恼睡鼠了，她小心翼翼地问："我还是不懂，她们从哪里取来的糖浆呢？"

"既然你能从水井里汲水，"疯帽子说，"那你也能从糖浆井里汲糖浆啊，笨蛋！"

"但是她们在井里呀！"爱丽丝无视疯帽子，继续跟睡鼠说。

“她们是在井里，”睡鼠说，“很深很深的井里。”

这个回答让爱丽丝很困惑，她一直想着，也没有再打断睡鼠的话。

“她们学画画，”睡鼠继续说着，一边打着哈欠，一边揉着眼睛，看起来他已经很困了，“她们画各种各样的东西，每件东西都是用字母‘M’打头的。”

“为什么用‘M’打头呢？”爱丽丝问。

“为什么不能呢？”三月兔问。

爱丽丝沉默了。

这时，睡鼠已经闭着眼睛开始打盹儿，被疯帽子掐了一下后，他吓得醒来了，继续说：“用‘M’打头的东西有很多呀，例如月亮（Moon）、记忆（Memory）、捕鼠夹（Mousetrap）等，还有很多。你知道，我们经常说‘很多’，可是你知道要怎么画出这个‘很多’吗？”

“你在问我吗？”爱丽丝糊涂了，“我没想过……”

“那你就不应该说话。”疯帽子说。

爱丽丝再也受不了他的粗鲁，生气地站起来走了。睡鼠也睡着了，疯帽子和三月兔一点儿都没留意爱丽丝走了，她还想着他们能挽留她呢。

爱丽丝最后回过头来，看到三月兔和疯帽子正合力把睡鼠往茶壶里面塞。

“不管怎样，以后我可不想再来这儿了，”爱丽丝边找路边抱怨地说，"这是我见过的最愚蠢的茶会。"

就在爱丽丝自言自语的时候，她忽然看到一棵树的树干上开了一扇可供进出的小门。"真奇怪！"她想，"不过今天发生的每件事都很奇怪，我还是进去看看吧。"于是她就进去了。

她又来到了那个长长的大厅，旁边还是那张小玻璃桌。

"这次我要做得好些！"爱丽丝说完，就拿起了那把小钥匙，打开了花园的门，然后，她从口袋里把之前放在里面的一块魔力蘑菇掏了出来，轻轻地咬了一口，直到慢慢变小到一英尺，她便沿着那条通道，来到那个美丽的花园，置身于那漂亮的花坛和清凉的喷泉中间。

第八章　王后的槌球场

靠近花园门口有一棵很大的玫瑰树，上面的花是白色的，三个园丁都捏着一把刷子，正往一些白色的玫瑰上刷着红色的油彩。

爱丽丝觉得很奇怪，于是走近去看，只听到其中一个人说："小心点儿，小五！别把颜料溅到我身上来！"

"不是我，"小五生气地说，"是小七撞到我的胳膊了。"

这时小七抬头说："小五，你别老是推卸责任。"

"你最好别说话了，"小五说，"我昨天听到王后说要砍你的头。"

"为什么？"第一个说话的人问。

"这和你无关，小二！"小七说。

"这和他有关，"小五说，"我要告诉他——这是因为你给厨师拿了郁金香根而不是洋葱。"

小七扔掉手上的刷子说："那些不公平的事——"说着说着，他突然看到了爱丽丝，爱丽丝正盯着他们呢。小七不出声了，其他两个也回过头看，然后他们三人一起深深地鞠了个躬。

Peter Newell

爱丽丝小心翼翼地问道："你们为什么要把这些白玫瑰都刷成红颜色的呢？"

小五和小七都望着小二，小二低声说："唉，别提了，本来王后命令我们种红玫瑰，可是，由于我们的疏忽，误把白玫瑰的种子种到了土壤里，结果现在开出的就都是白色的玫瑰。所以我们要抓紧时间，趁王后发现之前把白玫瑰都涂上红色，变成红玫瑰，要不然我们会被砍头的……"

就在这时，一直在紧张张望的小五突然大喊一声："王后来了！"这三个园丁连忙手忙脚乱地匍匐在地上，脸朝下地叩着，不敢抬起头来。

"唰唰！"整齐的脚步声由远及近，爱丽丝好奇地张望着，想看看王后长什么样。

首先，来了十个手持棍棒的士兵，他们的样子和那三个园丁一样，像扑克人一样，身板像一块长方形的纸板，手脚分别长在板的四个角上。

接着来了十名侍臣，这些人都是用钻石装饰的，像前面那些士兵一样，两个两个地并排走。侍臣后面是王室贵族的孩子，他们两个两个地手牵着手走，看起来很活泼可爱，他们全都用红心①装饰着。后面是宾客，大多数也是国王和王后。爱丽丝看到那只白兔也在他们中间，他正慌张地说着话，听到什么都点

---

① 纸牌中的其中一种花色。

头微笑，但是他没有注意到爱丽丝也来了。接下来是一位红心武士，他用深红色的天鹅绒软垫托着国王的王冠。这浩浩荡荡的队伍后面才是红心国王和红心王后。

爱丽丝不知道自己该不该像那三个园丁那样趴下，她不记得有这么一个规矩。

"这个行列有什么用呢？"爱丽丝想，"人们都趴下了，那谁来看呢？"于是，她就直直地站在那儿等着。

队伍走到爱丽丝面前时，所有人都停下来看着她。王后严厉地问红心武士："这是谁啊？"红心武士只是鞠躬和微笑，没有回答。

"傻瓜！"王后不耐烦地摇头，然后问爱丽丝："小女孩儿，你叫什么名字呢？"

"我叫爱丽丝，陛下。"爱丽丝很有礼貌地说，不过她心想，"他们不过是纸牌，我没必要怕他们！"

"他们是谁呢？"王后指着在玫瑰树周围趴着的那三个园丁，他们背上的图案和其他人是一样的，她分不清他们是园丁、士兵、侍臣，还是自己那三个孩子。

"我怎么会知道呢？"爱丽丝回答，连她都不敢相信自己这么勇敢，"这又不关我的事。"

王后的脸都气红了，两只眼像野兽般盯着爱丽丝，开始尖叫起来："砍掉她的头！砍掉——"

"荒谬！"爱丽丝大声说，而王后反而沉默了。

国王用手碰了碰王后的胳膊，和蔼地对她说："亲爱的，她只是个小孩子呢！"

王后生气地走开了，对红心武士说："把他们三个给我翻起来。"红心武士走上前去，用脚把园丁他们三个翻了过来。

"起来！"王后尖叫道。那三个园丁立刻跳起来，向国王、王后、王室贵族的孩子们一一鞠躬。

"不要再鞠躬了！"王后大喊，"你们快把我弄晕了！"她转身看着那棵玫瑰树，继续说着，"你们在干什么？"

"陛下，请您原谅，"小二单膝跪地说，"我们正想……"

"我明白你们的意思了！"王后看了一会儿半红半白的玫瑰后，命令道，"来人哪，快，把这三个人拉下去砍头！"

队伍继续前进着，留下三个士兵来处死这三个园丁，那三个园丁跑向爱丽丝，想得到她的保护。

"放心，你们不会被砍头的。"爱丽丝说完就把他们藏在旁边一个大花盘里。那几个士兵一直在找，找了很久都找不到三个园丁，只好灰溜溜地回到自己的队伍中。

"砍掉他们的头了吗？"王后喊道。

"回陛下，已经砍掉了！"士兵大声回答。

"很好！"王后问，"你会不会打槌球？"

没有一个人回答王后的问话，士兵们都在看着爱丽丝，这个问题显然是在问她。

"我会！"爱丽丝大声回答。

Peter Newell

"那还等什么呢？"王后喊道。爱丽丝就这样加入了这支队伍，她心想，以后还会发生什么事情呢？

"这真是一个好天气。"爱丽丝身旁一个声音怯怯地说，原来她走到了兔子身边，兔子正偷瞄她的脸呢。

"嗯，是个好天气。"爱丽丝说，"怎么没有看见公爵夫人？"

"嘘！嘘！"兔子压低了声音，慌张地四处张望，然后踮起脚尖把嘴巴凑到爱丽丝耳朵旁，说，"她被判了死刑。"

"为什么呢？"爱丽丝问。

"你是觉得她很可怜吗？"兔子问。

"不是，"爱丽丝说，"我不是问可怜不可怜，我是问为什么要判她死刑？"

"她打了王后一记耳光……"兔子说。爱丽丝笑了起来。"嘘！"兔子害怕地说，"你这样，王后会听到的！公爵夫人来晚了，王后就说——"

"各就各位！"王后大吼了一声，人们开始向各个方向跑去，场面十分混乱。过了一阵子，大家终于找好自己的位置，比赛这才正式开始。

爱丽丝从没见过这么奇怪的槌球比赛：球场到处坑坑洼洼，球杆是一只红艳艳的火烈鸟，球盒里放着的也不是什么槌球，而是一只只刺猬，士兵们弯下腰当作球门。

一开始，爱丽丝很难摆弄那只火烈鸟，后来她把它的身子夹在自己的胳膊下，让它的腿垂下。她把火烈鸟捋得直直的，

Peter Newell

准备用它的头去打那只刺猬，谁知，火烈鸟的长脖子一下子扭了上来，用奇怪的表情看着爱丽丝，惹得爱丽丝笑了起来。她又把火烈鸟的头按了下去，当她准备再打球时，发现刺猬已经爬走了。这比赛的场地坑坑洼洼的，充当球门的士兵也总是走来走去，爱丽丝不久后便发现，这真是一个很难玩的游戏。

参加比赛的人还没等轮到他们就吵起来了，不时还为了抢刺猬而打架。没过多久，王后又开始发脾气了，她跺着脚走来走去，每隔一分钟就喊一次"砍掉他的头！"或"砍掉她的头！"

爱丽丝觉得很不安，她虽然还没跟王后争吵，但这是迟早会发生的事。

"如果吵架的话，我会有什么下场呢？"爱丽丝想，"这里的人太喜欢砍头了，可奇怪的是，居然还有这么多人活到现在。"

爱丽丝想悄悄地逃走，正当她找寻逃脱的路径时，发现空中出现了一个奇怪的东西，看了很久，她才辨出原来这是一个笑脸，她高兴地对自己说："这一定是柴郡猫，终于有人陪我聊天了！"

"你好吗？"柴郡猫刚显露出嘴，就问爱丽丝。

等到他的眼睛也出现了，爱丽丝这才点点头。

"现在跟他说话也没用，"她想，"要等他的耳朵出来了，至少出来一只，再跟他说话才可以。"

过了一两分钟，柴郡猫整个头都出现了，爱丽丝放下火烈鸟，开始絮絮叨叨地跟他说话，她很高兴终于有人听她说话了。

柴郡猫觉得露出头已经够了，就没有露出其余的身子。

爱丽丝抱怨道："到底还有没有比赛规则呀，我就从来没参加过这么不公平的比赛。他们吵得很厉害，我都听不清自己在说什么了。而且这个比赛完全没有规则，就算有，他们也不会去遵守。还有，这比赛用的东西全都是活的，根本就没法儿玩！比如说，等到我快要把'球'打进'球门'了，那个'球门'居然躲到一边去了；我正准备用自己的'球'去撞王后的'球'，她的'球'居然自己跑掉了！"

"你喜欢王后吗？"柴郡猫轻声问。

"一点儿都不喜欢。"爱丽丝说，"她很……"说到这里，她发现王后就站在她身后，于是爱丽丝马上改口："她太会打槌球了，别人根本不是对手。"

王后笑着走开了。

"你在跟谁说话呢？"国王走过来问爱丽丝，看起来他对柴郡猫的头很好奇。

"请让我介绍一下，这是我的朋友——柴郡猫。"爱丽丝说。

"我一点儿都不喜欢他的样子，"国王说，"不过他愿意的话，可以亲吻我的手背。"

"我不愿意。"柴郡猫说。

"请你不要这么无礼，"国王说，"也不要这样子看我！"他一边说着，一边躲到爱丽丝的身后。

"猫是可以看国王的，"爱丽丝说，"我在一本书上看过这句

Peter Newell

话，可我不记得是哪本书了。"

"必须弄走这只猫！"国王坚决地说，接着向刚刚路过的王后喊道："亲爱的，你能把这只猫弄走吗？"

无论遇到什么问题，王后只有一个解决方法："把他的头给我砍下来！"

"我去找刽子手。"国王殷勤地说，然后匆匆忙忙走开了。

爱丽丝听到王后又在尖叫，就想看看游戏进行得怎样了。靠近赛场，爱丽丝又听到王后判了三个球员死刑，因为轮到他们上场了，他们却没有马上打。爱丽丝很不喜欢这个比赛，整个赛场都是乱哄哄的，她压根儿不知道什么时候轮到自己上场，所以她就去找她的刺猬去了。

她的刺猬正和另一只刺猬打架，爱丽丝觉得这真是一个打球的好机会。不过，开始时她的火烈鸟却跑掉了，爱丽丝看到它在试图飞上一棵树，却是徒劳。

等她把火烈鸟抓回来时，那两只刺猬已经跑得无影无踪了。"没关系，"爱丽丝想，"反正这里的球门也跑了。"为了防止火烈鸟再逃跑，爱丽丝把他夹在胳膊下，想去跟柴郡猫继续聊天。

爱丽丝回到柴郡猫那里，惊讶地发现有一大群人围着他，刽子手、国王和王后都在激烈地讨论着，而其他人在旁边大气都不敢喘。

爱丽丝刚来到，这三个人就让她做裁判，他们争着向她表明自己的理由，爱丽丝很难听清他们在说什么。

剑子手的理由是：得有身子才可以砍头，只有一个头而没有身子，他没法儿执行砍头的命令。他说他从来没做过这种事，以后也不想做这种事。

国王的理由是：只要有头，就能砍下来，刽子手没必要说这些废话。

王后的理由是：谁不执行她的命令，谁就要被砍头，这里所有人都要被砍头（她这句话吓得在场的所有人瑟瑟发抖）。

爱丽丝见此情景，也想不出什么办法，只好说道："王后陛下，这只猫是属于公爵夫人的。既然不知道该如何砍下他的头，不如找公爵夫人来问问吧。"

王后立即对刽子手说："现在赶快去牢房，把公爵夫人带到这儿来，要快！"刽子手听了王后的命令，丝毫不敢怠慢，飞快地向牢房的方向跑去了。

就在刽子手离开的一瞬间，柴郡猫的猫头开始消失了，等到刽子手带着公爵夫人来到时，猫头已经完全消失了。国王和刽子手疯狂地到处找，其他人又回去打槌球了。

第九章　素甲鱼的故事

公爵夫人亲热地说道："亲爱的，你怎么也到这里来了？哦，能再次见到你可真是太好了。"说完，还亲切地挽着爱丽丝的手臂一起走。

爱丽丝为公爵夫人突然变得彬彬有礼感到很高兴，她觉得公爵夫人现在的这些表现才应该是她本来的面目，之前，一定是因为厨房里的胡椒，她才会那么凶。

爱丽丝对自己说："要是我当了公爵夫人，我的厨房里肯定不能有胡椒，即使没有胡椒，汤也会很好喝的。就是这些胡椒才让人的心情变得烦躁起来。"

爱丽丝很高兴自己发现了这一点，她继续说："醋会让人变得酸溜溜的，甘菊让人变得很苦涩，麦芽糖让小孩子变得很温和。我希望人们都明白这一点，这样他们就不会在糖上这么小气了，你知道……"

爱丽丝想得入迷了，完全忘了公爵夫人，等公爵夫人在她耳边说话时，她被吓了一跳。

"亲爱的，你在想什么呢？你忘了我们在聊天吗？我现在没法儿告诉你这会得出什么道理，但是我会记起来的。"

"也许根本就没有什么道理。"爱丽丝说。

"得了，你这个小女孩儿，"公爵夫人说，"每件事都会有道理的，只要你能找出来。"她一边说着，一边向爱丽丝靠近。

爱丽丝不喜欢她靠得这么近。首先，公爵夫人长得很难看；其次，她那尖下巴刚好搁在了爱丽丝的肩膀上，硌得爱丽丝的肩膀生疼。不过爱丽丝不想表现得太粗鲁，只好忍耐着。

"比赛进行得挺好的。"爱丽丝继续说道。

"是的，"公爵夫人说，"这件事的道理是——'爱，爱能推动世界前进。'"

"可是有人说，"爱丽丝小声说，"推动世界前进的是各人管好自己的事。"

"哦，它们的意思是一样的。"公爵夫人边说边把她的尖下巴往爱丽丝的肩膀蹭了蹭，"这个道理是——'把握好思想，你说的话就会有道理。'"

"她好喜欢用每件事讲道理啊！"爱丽丝想。

"你是不是在奇怪我为什么不搂你的腰呢？"公爵夫人沉默了一会儿，说，"那是因为我害怕你的火烈鸟，我能抱抱他吗？"

"他会咬人的。"爱丽丝回答，一点儿都不想让公爵夫人抱。

"是的，"公爵夫人说，"火烈鸟和芥末都会咬人，这个道理是'物以类聚'。"

"可是芥末并不是鸟啊。"爱丽丝说。

"你说得很对。"公爵夫人说。

"我猜那是矿物吧？"爱丽丝说。

"当然是！"公爵夫人准备对爱丽丝说的每句话都表示认同，"这附近有座很大的芥末矿，这其中的道理是——'我得的越多，你得的越少。'"

"我知道了！"爱丽丝没留意她说的最后一句话，叫道，"它是一种蔬菜，虽然看起来不像，但它就是蔬菜。"

"我同意你说的话，"公爵夫人说，"这里的道理是——'你看起来什么样，就是什么样。'或者，你可以简单地说，'不要觉得你和别人心目中的你不一样，因为在别人心里，你或许曾经就是那个样子的。'"

"如果我把你的话记下来，或许还能明白。"爱丽丝委婉地说道，"但是现在我跟不上了。"

"这还不算什么。"公爵夫人高兴地说。

"哦，你不必这么麻烦，说这么长的话的。"爱丽丝说。

"算不上麻烦，"公爵夫人说，"我刚刚说的这些话，是送给你的一份礼物。"

"这样的礼物可真廉价，"爱丽丝想，"幸好别人不会送自己这样的礼物。"不过爱丽丝可不敢直接说这话。

"亲爱的，你怎么走神了？想什么呢？"公爵夫人问道，她那尖下巴把爱丽丝挤得更紧了。

爱丽丝感到有些不耐烦了，尖刻地回答道："我有想事

Peter Newell

情的权利。"

"是的，"公爵夫人说，"正像小猪有飞的权利，这里的道——"

爱丽丝很惊讶，公爵夫人最喜欢的"道理"说到一半就断了。公爵夫人的神色变得有些惊恐，挽着爱丽丝的胳膊也一抽一抽地抖动着。爱丽丝抬头发现王后就站在她们面前，胸前交叉着手臂，脸色阴沉得像暴风雨时的天色。

公爵夫人颤抖着声音问候道："王后陛下，今天的天气看起来很不错啊。"

王后怒吼道："我警告你，马上从我的面前消失，不然我就砍了你的脑袋。"

公爵夫人连忙转过身，头也不敢回地跑了。

王后命令爱丽丝继续跟自己打槌球，爱丽丝没办法，只好回到赛场上继续打。

其他客人趁王后不在，都跑到树荫下休息去了。一看到王后，他们又立刻回到赛场上打槌球。王后说，谁晚了就要谁的命。

整个比赛过程中，王后一直在跟别人吵架，喊着"砍掉他的头"或"砍掉她的头"。被宣判了死刑的人，就被士兵带去监狱囚禁起来。这样，这些士兵就不能回来做球门了，过了大概半个小时，赛场上一个球门都不剩了。除了国王、王后和爱丽丝，所有参加槌球比赛的人都被囚禁了起来。

累得不行的王后突然停了下来，兴奋地对爱丽丝说道："走吧，我带你去看看素甲鱼。"

"素甲鱼是什么？"爱丽丝问道。

"就是素甲鱼汤的素甲鱼啊！"王后说。

"我从来没见过，也没有听说过。"爱丽丝说。

"走吧，"王后说，"他会给你讲故事的。"

她们离开时，爱丽丝听到国王小声地对其他人说："你们被赦免了。"

"这是件好事。"爱丽丝对自己说。刚刚王后判了那么多人死刑，她很难过。

很快，她们遇到了在那儿晒太阳的一只怪物，原来是一只一半像鹰一半像狮子的鹰头狮。

王后对他说："去，带这个女孩儿去见素甲鱼，再让素甲鱼讲个故事。我得看看我的命令执行得怎样了。"她说完就走了，留下爱丽丝和这只鹰头狮。

爱丽丝不怎么喜欢这个动物的样子，但是比起和那个暴躁的王后在一起，她觉得和这只鹰头狮待在一起会比较安全。所以，她就留下来等候。

鹰头狮揉揉自己的眼睛，看着王后，直到她消失了，才笑了起来。"真好笑！"鹰头狮说给自己听，也说给爱丽丝听。

"你笑什么呢？"爱丽丝问。

"王后哇，"鹰头狮说，"砍头什么的都是她自己的想象，其实到目前为止，她还从来没有成功地砍过一个人的头呢。我们走吧！"

"这里的人都跟我说'走吧'，"爱丽丝跟在后面走，心想，"我以前都没有这样被人使唤过。"

他们走了不远，就看到那只素甲鱼了，他坐在一块岩石上面，看起来孤独而又落寞，走近一点儿时，还听到他发出一声深深的叹息。爱丽丝很同情他，就问鹰头狮："他有什么难过的事吗？"鹰头狮的回答和刚刚的话很像："只是他的想象，他没有什么难过的事。"

他们走近素甲鱼，他慢慢转过头来，用含着眼泪的大眼睛看着他们，却一言不发。

"这个小女孩儿想听听你的故事。"鹰头狮对素甲鱼说。

"我会告诉她的。"素甲鱼的声音很空洞，"你们坐下吧，在我结束说话之前都别出声。"

于是他们都坐了下来，沉默了一会儿。爱丽丝想："要是他不开始说话，又怎么结束说话呢？"

良久，素甲鱼的声音才缓缓地响起来："很久以前，我是一只真正的甲鱼。"

说完这句话，素甲鱼又陷入了沉思。他们又开始了沉默，只有鹰头狮偶尔咳嗽一声，以及素甲鱼不断的抽泣声。爱丽丝几乎要站起来说："先生，谢谢你这有趣的故事。"但是她又想知道后面的故事，于是仍然安静地坐在那儿。

素甲鱼又开口了，他平静了很多，偶尔抽搭两下，继续往

Peter Newell

下说道："记得那还是在海里上小学的时候，我们的校长是一只老甲鱼，但我们都叫他'玳瑁'。"

"你们为什么这样称呼他呢？"爱丽丝爱问问题的老毛病又犯了。

"我们叫他玳瑁，是因为他这样教我们的啊。"素甲鱼有些生气地说，"你这个笨蛋！"

"这么简单的问题你都要问，你真应该觉得羞愧！"鹰头狮说。于是他们俩就静静地坐在那里，盯着爱丽丝，直盯得她面红耳赤。最后，鹰头狮对素甲鱼说："继续讲下去吧，老伙伴。"

"我们到海里的学校去，虽然你可能不相信……"

"我没说我不相信。"爱丽丝插嘴说。

"你就是不相信。"素甲鱼说。

在爱丽丝还没来得及回应时，鹰头狮吼了一句："住口！"然后素甲鱼就继续说下去了。

"我们受的是最好的教育，我们每天都会去上学。"

"我也是每天去上学啊，"爱丽丝说，"这有什么好骄傲的？"

"那你们也上副课吗？"素甲鱼紧张地问道。

"当然有副课了，是法文和音乐。"爱丽丝回答。

"那你们有洗衣课吗？"素甲鱼问。

"当然没有。"爱丽丝生气地回答。

"哦，那你的学校就算不上好学校。"素甲鱼松了一口气，继续说，"我们的副课有法文、音乐和洗衣课。"

"你们都住在海底，也不用特意去学洗衣课吧。"爱丽丝说。

"我没钱去学这门课，"素甲鱼叹息说，"我只能学常规的课程。"

"什么是常规的课程？"爱丽丝问。

"先学'堵'（读）和'卸'（写），"素甲鱼回答说，"然后我们就学各门算术：假法、剪法、丑法和厨法（加、减、乘、除）。"

"'丑法'？这是什么算法啊？我怎么从来没在学校里听说过呢？"爱丽丝皱着眉头问道。

鹰头狮惊讶地举起爪子，叫道："你居然不知道'丑法'？那你知道有'美法'吗？"

"怎么……把事物……变美……的方法。"爱丽丝犹豫地说道。

"那你还不知道什么是'丑法'吗？真是个傻子。"鹰头狮说。

爱丽丝不敢再讨论那个问题了。"那除了刚才说的这些，你们还上什么课？"她把脸转向素甲鱼问道。

素甲鱼回答道："呃，还有力士（历史）课，分为古代和现代，另外还有地利（地理）课。对了，还有费发（绘画）课，这门课上起来可真是辛苦啊。每个星期，鳗鱼老师都会来教我们水彩画和素描画。"

"它们是什么样的呢？"爱丽丝问。

"哦，我做不出来。鹰头狮也没学过。"素甲鱼说。

"我没时间学啊！"鹰头狮说，"不过我听过外语老师的课，那是一只老螃蟹。"

"我没听过他的课，"素甲鱼叹息道，"大家说他教的是腊定意（拉丁语）和西拉意（希腊语）。"

"你说得没错。"鹰头狮也叹息着说，他们俩用爪子掩住了脸。

"那你们那时候每天会上多少个小时的课呀？"爱丽丝转移了话题。

"当时，我们上课的时间是逐日递减的。第一天我们会上十个小时的课，第二天上九个小时，第三天上八个小时，这样推算下去。"素甲鱼回答道。

爱丽丝非常惊讶地说道："多么奇怪的时间安排呀！"

"这并不奇怪啊，你刚刚不就是问'多少个小时'吗？所以我们每天的时间安排自然就是从'多'到'少'喽。"素甲鱼解释道。

这个概念对于爱丽丝来说真是个新鲜事，她想了一会儿才问："这样说来，到了第十一天就放假了是吗？"

"没错。"素甲鱼说。

"那第十二天该怎么办呢？"爱丽丝追问道。

"上课的事已经说得够多了，"鹰头狮用坚决的语气插话说，"给她讲讲关于游戏的事吧。"

第十章　龙虾方阵舞

素甲鱼深深地叹息了一声，用一只前鳍的背面抹着眼泪，想说些什么，可是又泣不成声。

"就像他的嗓子里卡了根鱼刺。"鹰头狮说，摇晃着素甲鱼，并帮他拍背。

素甲鱼终于能说话了，他一边流着眼泪，一边嘶哑着嗓子说："你可能没在海底住过很长时间吧？"

"从来没住过。"爱丽丝说。

"你应该也没见过龙虾吧？"

爱丽丝想说"我吃过"，随即又改口说"没有"。

"所以你无法想象龙虾方阵舞有多好玩。"

"那到底是什么舞蹈呢？"爱丽丝说。

鹰头狮说："首先在岸边站成一排……"

"两排！"素甲鱼叫了起来，"海豹、乌龟和大麻哈鱼排排站，再把所有水母清理掉……"

"一般来说，这个清理过程很费工夫。"鹰头狮插嘴说。

"向前走两步……"

"每个人都有一只龙虾当舞伴！"鹰头狮说。

"那是自然，"素甲鱼说，"向前走两步，和舞伴一起……"

"然后交换舞伴，向后退两步。"鹰头狮继续说。

素甲鱼接着说："然后你把龙虾——"

"扔出去！"鹰头狮大喊道。

"用尽全力扔去海里，越远越好。"

"再游泳追上它们！"鹰头狮尖叫了起来。

"在海里翻一个筋斗！"素甲鱼跳来跳去。

"再次交换龙虾舞伴！"鹰头狮以他最大的声音喊道。

"再回到岸边，这就是方阵舞的第一节。"素甲鱼说，他的声音突然低沉了下来，刚刚疯狂地跳来跳去的两个伙伴现在都坐了下来，沉默而忧伤地看着爱丽丝。

"这种舞蹈一定很好看。"爱丽丝小声地说。

素甲鱼问："你想看一下这种舞蹈吗？"

"很想看。"爱丽丝说。

素甲鱼把脸转向了鹰头狮，大声说："我们来跳第一节吧，没有龙虾其实也无所谓。不过谁来唱歌呢？"

"你来，"鹰头狮说，"我忘记歌词了。"

于是他们庄严地围着爱丽丝跳起舞来，跳到她面前时还常常踩到她的脚。

素甲鱼清了清嗓子，缓慢而忧伤地唱了起来：

鳕鱼对蜗牛说：

"我说你能不能走快点儿，

没看见海豚正走在我后面吗？

它一直踩我的尾巴。

"你看龙虾和甲鱼脚步多匆忙，

因为一场沙滩舞即将开始！

你想不想去跳舞？

想去吗？想去吗？

你想不想去跳舞？

想去吗？想去吗？

你想不想去跳舞？

"你想不到那有多快活，

我们会和龙虾一样被抛出很远！"

"太远啦，太远啦！"蜗牛慢吞吞回答。

它说很感谢鳕鱼的邀请，

可它不想去参加舞会。

它不想，它不想，

它不想去参加舞会。

它不想，它不想，

它不想去参加舞会。

Peter Newell

它的鳕鱼朋友又劝道：

"远一点儿有什么关系？

你可能还不知道，

在大海对面还有另一个岸边。

如果被抛得够远，

你可能会离开英格兰，

到达那边的法兰西。

所以不要再担心，

我的蜗牛朋友，

快和我一同去参加舞会。

"你愿意吗？你愿意吧。

快和我一同去参加舞会。

你愿意吗？你愿意吧。

快和我一同去参加舞会。"

…………

"谢谢你们，这个舞太好玩了。"爱丽丝说，她很高兴这支舞结束了，"我也很喜欢这首关于鳕鱼的歌。"

素甲鱼问爱丽丝："说起鳕鱼，你知道他们长什么样子吗？"

"经常见到啊，在餐桌……"爱丽丝脱口而出。可刚一说完，她连忙用手掩住了嘴巴。

"餐桌？是什么地方？"素甲鱼说，"好吧，不管餐桌在哪里，既然你见过鳕鱼，一定知道他们的样子吧？"

"知道，"爱丽丝由于经常吃鳕鱼，所以对他们的长相熟悉得很，"他的身体就像一个圆圆的圈，尾巴一直伸到嘴巴那里，身上撒满了面包屑。"

"面包屑？这你就错了！"素甲鱼说，"海水会把面包屑冲掉的，不过他们确实会把尾巴弯到嘴里。这是因为……"说到这里，素甲鱼困了，打了一个哈欠，闭上了眼睛，让鹰头狮帮忙解释。

鹰头狮说："这是因为他们和龙虾一起参加舞会，然后被扔到很远的海里去，于是他们就把尾巴塞进嘴里，从此以后，他们就再也没法儿把尾巴弄出来了。"

"天哪，真是太有意思了，原来在鳕鱼身上还发生过这么有趣的故事呢。"爱丽丝听完鹰头狮讲的故事，不由得惊叹道。

"对呀，关于鳕鱼的故事我还知道很多呢，你要听吗？"鹰头狮说，"你知道鳕鱼为什么要叫这个名字吗？"

"这个我没想过，"爱丽丝老老实实地回答道，"为什么呢？"

"那是因为他是用来擦靴子和鞋子的。"鹰头狮严肃地说。

爱丽丝听不懂了。"擦靴子和鞋子？"她难以置信地问。

"你的鞋是用什么做的呢？"鹰头狮说，"我的意思是，你用什么把鞋子擦得这么亮呢？"

爱丽丝看着自己的鞋子，想了一下说："我用的是黑鞋油。"

"海里的靴子和鞋子，"鹰头狮说，"就是用鳕鱼擦亮的。"

"那鳕鱼又是用什么做的呢？"爱丽丝好奇地问。

"当然是鳎鱼①啊！"鹰头狮不耐烦地回答，"在海里，可没有人不知道这件事，就连最小的小虾都知道。"

"如果我是鳕鱼，"爱丽丝还在想着刚刚那首歌，"我会对海豚说：'请你离我们远一点儿，我们不想和你在一起。'"

"他们一定会带上海豚的，"素甲鱼说，"聪明的鱼外出时都会带上海豚。"

"这是真的吗？"爱丽丝惊叹。

"是的，"素甲鱼说，"如果有鱼要远行，我会问他：'你要带上哪只海豚呢？'"

"你其实是想说'目的'②吧？"爱丽丝说。

"我知道我想说什么。"素甲鱼生气地回答。

鹰头狮接着说："让我们听听你的冒险故事吧。"

"我可以告诉你们我的冒险故事——就是从今天早上开始的。"爱丽丝怯怯地说，"但是我们没必要从昨天说起了，因为从那时开始，我就变成另一个人了。"

"你解释一下。"素甲鱼说。

---

① "鳎鱼"的英文（sole），也有"脚底、鞋底"的意思。

② "海豚"的英文（porpoise）和"目的"的英文（purpose）的发音很像。

"不，先讲故事吧。"鹰头狮不耐烦地说，"解释太浪费时间了。"

于是，爱丽丝开始讲她的故事，从遇见那只兔子开始说起。刚开始讲的时候，她还有点儿不安，因为素甲鱼和鹰头狮离她很近，瞪大眼睛看着她。不过渐渐地，爱丽丝胆大起来。那两个听众安静地听她讲着故事，直到她讲到给毛毛虫背《我的威廉爸爸》，很多地方都背错了的时候，素甲鱼深深地吸了一口气，说："这太奇怪了。"

"真的很奇怪。"鹰头狮也这么说。

"这首全背错了，"素甲鱼想了一下，说，"让她再背一篇别的课文，我再听听看。"他看向鹰头狮，好像鹰头狮可以支配爱丽丝似的。

"就背那篇《那是懒汉的声音》吧。"鹰头狮说。

"这里的家伙老是这么喜欢让人背书，"爱丽丝想，"我还不如马上回学校呢。"不过，爱丽丝还是站起来背了，她的脑子里想的全都是龙虾方阵舞的事，自己都不知道背了些什么东西：

　　那是龙虾的声音，
　　我听见他在大声嚷：
　　"你们怎么把我烤这么黄，
　　我的头上还需要加些糖。"
　　说完，他用他的鼻子，

就像鸭子用眼睑那样，

整理自己的腰带和扣子，

还把脚趾使劲向外翻。

当沙滩被晒得干干，

他就会快活得像云雀一般，

他同鲨鱼阔论高谈。

可一旦潮水上涨，

鲨鱼就会把他围在中间，

他的声音又会被吓得发颤。

鹰头狮说："你刚刚背的是什么？和我小时候背的完全不一样。"

"我也没听过，"素甲鱼说，"听起来就像一堆胡话。"

爱丽丝没说什么，她又坐了下来，把脸埋在双手中，想着自己什么时候才能恢复正常。

"我想她来解释一下。"素甲鱼说。

"她没法儿解释，"鹰头狮说，"还是继续背下一节吧。"

"他的脚趾是怎么回事呢？"素甲鱼坚持问到底，"他怎么能用自己的鼻子向外翻他的脚趾呢？"

"那只是跳舞的一个姿势。"爱丽丝说，她被这一切弄晕了，想换一个话题。

"现在来背第二节吧，"鹰头狮不耐烦地说，"开头是'我经

过他的花园'。"

爱丽丝不敢违背他的话，虽然她也知道自己肯定会背错。她用发抖的声音继续背诵道：

> 我经过他的花园，
> 并用一只眼睛看见，
> 豹子和猫头鹰，
> 正在分吃馅饼大餐。

素甲鱼说："如果你不能一边背诵一边解释，那你背诵这些有什么用呢？我越听越糊涂。"

"你还是停下来吧！"鹰头狮说。爱丽丝倒是很乐意这样做。

"我们再跳一节龙虾方阵舞吧，"鹰头狮说，"还是你想让素甲鱼唱一首歌给你听？"

"好，如果素甲鱼愿意的话，我想听他唱歌。"爱丽丝热情地说。鹰头狮被爱丽丝的语气弄得很不开心："哼！你的品味太低了。老伙伴，那就给她唱首《甲鱼汤》吧！"

素甲鱼深深地叹了一口气，用抽泣的声音唱了起来：

> 美味可口的汤，
> 热腾腾地在碗里装，
> 翠绿色的浓汤，

有谁不想尝一尝?

晚餐时喝的汤,美味的汤!
晚餐时喝的汤,美味的汤!
美——味——的——汤!
美——味——的——汤!
晚餐时喝的汤——!
美味的汤,美味的汤!
有了它,谁还会想到鱼,
谁还会想把别的菜尝?
谁不想尝一尝,
两便士一碗的好汤!
两便士一碗的好汤!
美——味——的——汤!
美——味——的——汤!
晚餐时喝的汤——!
美味的汤,美味的汤!

"再来一遍合唱!"鹰头狮叫道。素甲鱼刚想重复,就听到远处传来"审讯开始喽——"的呼喊声。

鹰头狮叫道:"我们得赶紧回去了。"说完,果断地拉起爱丽丝的手,也不等那首歌唱完,就朝着他们来时的方向狂奔了

Peter Newell -

起来。

"什么审讯呢？"爱丽丝边跑边喘着气问，但是鹰头狮只道"走吧"，跑得更快了。

风中传来越来越弱的歌声：

晚餐时喝的汤——！
美味的汤，美味的汤！

第十一章　谁偷走了馅饼

他们到达时，看到王座上庄严地坐着红心国王和王后，还有一大群鸟兽围着，就像一副完整的纸牌。武士站在他们面前，用锁链锁住了，两边各有一名士兵看守着。

兔子就站在国王旁边，一手拿着喇叭，一手拿着羊皮纸。法庭中间有一张大桌子，上面放着一盘馅饼。馅饼看起来很好吃，爱丽丝都看得饿了。

她想："希望审判快点儿结束吧，这样大家就可以吃点心了。"但是，这场审判看起来并不像很快结束的样子，爱丽丝只好东张西望来消磨时间。

爱丽丝以前没有去过法庭，只在书上看到过。她很高兴这里的场景和书上说的一模一样。

"那是法官，"爱丽丝自言自语，"因为他戴着假发。"

其实那位法官就是国王，不过，他把王冠戴在假发上，看着很别扭。

"那十二个动物是陪审团，"爱丽丝想，"没错，是陪审团的成员。"她对自己重复了几遍，心里很得意。因为她觉得在她这个年纪的小女孩儿中，没有人比自己懂得更多。即使跟她们说"陪审团"，她们也不会懂得这个词的意思。

十二个陪审团成员在石板上写着什么。

"他们在做什么？"爱丽丝低声问鹰头狮。"他们在记下名字，"鹰头狮低声回答，"他们怕审判结束前忘记名字了。"

"傻瓜！"爱丽丝大声说，但她很快就安静了，因为白兔喊着："肃静！"这时，国王戴上了眼镜，四处张望，想看看谁还在说话。

爱丽丝看得很清楚，她看到所有陪审团成员都在石板上写下"傻瓜"。她甚至看到个别成员不会写"傻"字，在请求邻座告诉他。

"审判还没结束，他们的石板就都写满了。"爱丽丝想。

有一个陪审团成员在写字时发出了很难听的声音，爱丽丝受不了了，走到他身后，把他的笔抢走了。她做得很迅速，那个可怜的陪审员——就是那只蜥蜴比尔，根本不知道发生了什么事。他找不到自己的笔，只好用手指头来写，可手指头又怎么能在石板上写字呢。

"传令官，来宣读起诉书吧。"国王说。

兔子吹了三下喇叭，然后打开那卷羊皮纸，宣读：

红心王后做馅饼，

夏日白天遭盗取；

红心武士偷馅饼，

带着赃物速逃离。

"请判决。"国王对评审团说。

"不行，还不行！"兔子赶紧插话，"还有很多步骤要走呢。"

于是，国王说："传第一位证人。"

兔子又拿出了小号，嘟嘟嘟地连吹了三声，喊道："有请第一位证人——疯帽子到庭——"

疯帽子进来时，左手端着一个茶杯，右手捏着一块奶油面包，他说："陛下，请原谅我把这些带过来了，我还没吃完茶点就被传讯了。"

"你怎么还没吃完？"国王对疯帽子说，"你是从什么时候开始的？"

疯帽子看了一眼三月兔，后者和睡鼠挽着手走进来。疯帽子说："我想应该是三月十四号。"

"是十五号。"三月兔说。

"是十六号。"睡鼠说。

"记下来。"国王对陪审团说，陪审团成员匆忙在石板上写下这三个日期，把它们加起来，再把总数折算成先令和便士。

"这顶帽子太大了，摘掉它。"国王命令。

疯帽子回答道："这不是我的帽子。"

"那一定是你偷的！"国王怒吼道，并看了看陪审团，陪审

团成员立即记了下来。

"不不不，不是我偷的。我说这不是我的帽子，是因为我是以卖帽子为生的，所以我的帽子都是给别人做的，而不是属于我自己的，我是这个意思。"疯帽子解释道。

这时，王后戴上了眼镜，一直盯着疯帽子，把他吓得脸色发白。

"拿出证据来，"国王愤怒地说，"否则，我就下令就地处决你。"

这些话根本就宽慰不了疯帽子。他的两只脚不断地交替站着，他不安地看着王后，慌乱之中，竟然把茶杯当作奶油面包，大大地咬了一口。

正在这时，爱丽丝觉得身体很奇怪，她迷惑了一会儿，才慢慢搞懂，原来是自己的身体又长大了。她一开始想走出法庭，后来又决定留下来，只要她还能待在这里。

"你不要挤我了，我快透不过气了。"坐在爱丽丝旁边的睡鼠说。

"我控制不了，"爱丽丝温和地说，"你看我在长大呢。"

"你没有权利在这里长。"睡鼠说。

"别说胡话了，"爱丽丝大胆地说，"你自己也在长啊。"

"但是我是正常地生长，"睡鼠说，"不是像你这样长得可笑。"他说完，就生气地站了起来，到法庭另一边去了。

在爱丽丝和睡鼠说话的时候，王后一直盯着疯帽子，当睡

鼠转到法庭另一边时，王后对其中一位成员说："把上次在演唱会上唱歌的名单拿给我看。"听到这里，疯帽子吓得瑟瑟发抖，把两只鞋子都抖下来了。

"拿出证据来，不然我就下令处决你。"国王重复了一遍。

"陛下，我只是个可怜人，"疯帽子颤抖着说，"我才刚刚开始吃茶点……都超过一个星期没有喝了……为什么茶会有闪光呢……"

"什么闪光？"国王问。

"是从茶开始的。"疯帽子回答。

"我当然知道擦（茶）了会发光！你当我是傻瓜吗？接着说！"

"我是个可怜人，"疯帽子继续说，"从那以后，很多东西都会闪光……只有三月兔说……"

"我可没说过。"三月兔急忙插嘴。

"你说了。"疯帽子说。

"我没说。"三月兔说。

"他不承认的话，"国王说，"这部分不要记录。"

"好，那就让睡鼠来说……"疯帽子环顾四周，想看看睡鼠是否会否认。然而睡鼠什么都没说，他睡着了。

"从那以后，"疯帽子继续说，"我切了更多的奶油面包。"

"但是睡鼠说了什么？"陪审团的一位成员问。

"我不记得了。"疯帽子回答。

"你必须记得，不然我就判你死刑。"国王说。

可怜的疯帽子一把扔掉了茶杯和奶油面包，单膝跪地说："陛下，我只是个可怜人。"

"你是个可怜的发言人。"国王说。

这时，一只豚鼠突然在法庭上喝彩叫好，立即被法庭上的警官制止了。（我告诉你他们是怎样做的吧。他们拿出一个很大的帆布袋，把豚鼠丢了进去，然后用绳子把一头扎进，再坐在上面。）

"真高兴我能碰到这种事情。"爱丽丝想，"我以前经常在报纸上看到，审判结束时'出现了喝彩声，当即被法庭上的警官制止了'。到现在我才明白是这么一回事。"

"如果没有其他要补充的，你可以下去了。"国王继续说。

"我下不去了，"疯帽子说，"我已经在地板上了。"

"那你可以坐下了。"国王说。

这时，又有一只豚鼠想喝彩，立即又被制止了。

"好吧，两只豚鼠全完啦！"爱丽丝想，"我们可以进行得更顺利一些。"

"我还得喝完这杯茶。"疯帽子一边说着，一边不安地看着王后，而王后正在看上回演唱会上唱歌人的名单。

"你可以走了。"国王的话音一落，疯帽子就立刻跑出了法庭，连鞋子也顾不上穿。

"将疯帽子在庭外斩首。"王后对一位警官说。等警官追到

Peter Newell

门口，发现疯帽子已经跑得无影无踪了。

国王大声呼喊道："传下一位证人。"

下一位证人是公爵夫人家的厨娘。她的手里攥着一个胡椒粉瓶。从她一走进法庭，爱丽丝一下子就猜出是厨娘了。因为浓重的胡椒粉味立刻弥漫开来，刺激得大家不停地开始打起喷嚏来。

"证人现在开始做证。"国王吩咐。

"我不能。"厨娘说。

国王着急地看了看兔子，兔子低声说："陛下，您必须要反复质问这个证人。"

"好吧，如果必须这样做，我会这样做的。"国王阴沉地说。然后他在胸前交叉着手臂，蹙着眉头看着厨娘，直到眼睛都闭了起来，才问道："馅饼是用什么做的？"

"大部分是胡椒。"厨娘回答。

"糖浆。"一个疲惫的声音在厨娘后面响起。

"抓住那只睡鼠，"王后尖叫了起来，"砍了他的头！把他赶出法庭！掐死他！拔掉他的胡子！"

整个法庭陷入了混乱，把睡鼠赶出去之后，大家又坐了下来，这才发现厨娘不见了。

"没关系，"国王自信地说，"传下一位证人。"然后他在王后耳边低声说："亲爱的，你来审问下一个证人吧，刚刚那两个把我弄得头都大了。"

　　爱丽丝看着兔子笨手笨脚地翻着名单，觉得很好奇，想看看下一个证人会是谁。

　　"可能他们没有足够的证据。"爱丽丝想。当兔子用刺耳的声音喊"爱丽丝"时，爱丽丝着实被吓了一跳。

第十二章 爱丽丝的证词

"到！"爱丽丝应道，完全忘记了在刚刚那混乱的情况下，自己已经长得很大了。她急忙站起来，谁知裙角把陪审团成员给掀翻了，成员们一个个摔倒在下面观众的头上，这情景让爱丽丝想起她一个星期前偶然打翻金鱼缸的事。

"啊，对不起！"爱丽丝一边懊恼地说，一边尽快把陪审团成员扶回原位。因为爱丽丝满脑子都在想鱼缸的事故，她觉得如果不把成员们放回座位上，他们就会死的。

"审判中止，"国王庄严地说，"直到全体陪审团成员回到原位。"他一字一顿地说，严厉地看着爱丽丝。

爱丽丝看着陪审团，发现匆忙间把蜥蜴头朝下放了。那可怜的家伙动弹不得，只能一直摇着尾巴。爱丽丝赶紧把他重新放好，心想："我认为不管哪头朝上，在这场审判里，没有什么大的差别。"

待陪审团成员冷静下来，石板和笔也都找回来后，他们立即记录下刚刚发生的事。只有蜥蜴一动不动，他刚刚已经被折腾得筋疲力尽了，只能张大嘴巴坐着，两眼无神地看着法庭的屋顶。

"你对这个案子了解多少呢？"国王问爱丽丝。

"我什么都不知道。"爱丽丝回答。

"什么都不知道？"国王追问。

"我真的什么都不知道。"爱丽丝回答。

"这点很重要。"国王转过头对陪审团的成员说。陪审团的成员们连忙拿起了笔，在石板上记录起来。

兔子突然插嘴说："陛下的意思是说不重要。"他的语气十分恭敬，但是又对国王挤眉弄眼。

"当然，我的意思是说不重要，"国王赶紧说，接着又自言自语，"重要，不重要，重要……"国王已经深深陷入了对那两个结论进行选择的挣扎之中。

这下，可苦了那些陪审员了，他们有些写了"重要"，有些又写了"不重要"，爱丽丝看得一清二楚，心想："其实怎么写都没关系的。"

国王一直忙着在笔记本上写什么，这时他喊了一句："肃静！"然后看着本子宣布："第四十二条，身高一英里以上的人，请离开法庭。"

大家都看着爱丽丝。

"我没有一英里高呢。"爱丽丝说。

"你有。"国王说。

"将近两英里了。"王后加了一句。

"不管怎么说，我就是不走。"爱丽丝说，"再说了，这根本不是明文规定的，是你刚刚加上去的。"

"这是书里最老的一条规定。"国王说。

"那就应该是第一条，而不是第四十二条！"爱丽丝说。

国王说不过爱丽丝，他脸色苍白地合上本子，用低而颤抖的声音对陪审团成员说："现在，请进行裁决。"

"陛下，又有了新的证据！"兔子急得上蹿下跳，"这是刚刚捡到的一张纸条。"

王后问道："里面说什么？"

白兔摇摇头，说："我还没打开，看起来像一封信，像是罪犯写给什么人的。"

"肯定是这样，"国王说，"肯定是写给某个人的。"

"谁是收件人？"陪审团其中一个成员问。

"没有收件人，"兔子说，"外面什么都没写。"他一边说，一边打开折叠好的信，"这根本不是什么信，而是一首诗。"

另一个成员问："是不是犯人的笔迹？"

"不是的，"兔子说，"这真是奇怪的事。"（陪审团成员也显露出困惑的样子。）

"他一定是模仿了别人的笔迹。"国王说。（陪审团成员听了都做出明白了的样子。）

"陛下，"武士开口了，"这不是我写的，上面没有签名，也不能证明是我写的。"

"如果你没有签名，"国王说，"只能说明你很狡猾，否则你应该像一位绅士那样签上你的名字。"

话语刚落，法庭响起一阵掌声。这真是国王这天说的第一句真正聪明的话。

"那就证明他是有罪的。"王后说。

"这证明不了什么！"爱丽丝说，"你们都不知道这首诗讲了什么！"

"那就读一读吧。"国王说。

兔子戴上他的眼镜，问道："陛下，我该从哪里开始呢？"

"就从开始的地方开始吧。"国王郑重其事地说，"开始读吧，一直读到最后。"

兔子开始念道：

> 他们说你先见过她，
> 然后又对他谈到我。
> 她对我评价很高，
> 但却说我不会游泳。
> 他带话说我没有前往，
> 我们知道他并没说谎。
> 如果她真的那样做，
> 你的处境会很荒唐。

我给她一个，他们给他一双，
你给我们三个，或者两双，
最后还是会回到你的地方，
反正之前是属于我的，

如果我和她，
碰巧卷进这件事，
他请你解除对他的误会，
就像我们想的那样。

我的请求和她的一样，
在这首诗出现之前，
在他和我们之间，
早已有不可逾越的屏障。

不要告诉他，她最喜欢他们，
这永远是一个秘密。
不要告诉别人，
只有你和我知道。

"这是我们目前听到的最重要的证据了，"国王擦着手说，
"现在请陪审团成员——"

"谁能解释这首诗，"爱丽丝说（在刚刚念诗的时候，爱丽丝已经长得很大，所以她一点儿都不怕打断国王的话），"我就给他六个便士，我不认为这首诗有什么意义。"

陪审团成员在石板上写下："她不认为这首诗有什么意义。"但是他们完全不想解释一下这首诗。

"如果这首诗没有意义，"国王说，"那这个世界就免了很多麻烦了。你知道，我们并不想找到什么意义，我们也不懂什么意义。"国王把诗摊开放在膝盖上，用一只眼睛看着说，"我终于明白了其中的意义。——说'我不会游泳'，——那就是说你不会游泳，是吧？"

武士摇摇头说："我看起来像会游泳的吗？"（当然不会，他是用纸片做的。）

"这就对了，"国王说，一边咕哝着那首诗，"'我们知道他并没说谎'——这肯定是说陪审团成员——'我给她一个，他们给他一双'——这肯定是指偷馅饼的事了。"

"但是后面说'最后还是会回到你的地方'。"爱丽丝说。

"是的，他们都在。"国王得意扬扬地说，"再看'在这首诗出现之前'，亲爱的，你应该没有写过诗吧？"他对王后说。

"没有！"王后愤怒了，她把桌上的墨水瓶扔到了蜥蜴比尔的身上。（可怜的比尔已经没有再用手指写字了，因为他发现这样是写不出字的。现在他又赶紧开始蘸着脸上的墨水写字。）

"让陪审团成员做出判决吧！"这句话国王在今天都说了

二十遍了。

"不，不！"王后说，"应该先做出宣判，再判决。"

"这是废话！"爱丽丝大声说："怎么可能先做出宣判呢！"

"住嘴！"王后气得浑身发抖。

"我就不！"爱丽丝不甘示弱地说。

"砍了她的头！"王后尖叫道，但谁也没有理她。

"谁理你呢！"爱丽丝说（这时她已经恢复到原来的身高），"你们只不过是一副纸牌！"

这时，整副牌纷纷飘到空中，又纷纷扬扬落到她身上。爱丽丝尖叫了起来，她又惊又恐，想拂去落在身上的纸牌，却发现自己正躺在岸边，头枕在姐姐的膝上，姐姐正温柔地拿掉落在她身上、脸上的叶子。

"醒醒，小爱丽丝，"姐姐轻声呼唤着，"亲爱的，你睡了很久了。"

"噢，我刚刚做了一个很奇怪的梦。"爱丽丝回忆起刚刚的梦，把梦中的经历（也就是小读者们刚刚读过的内容）都告诉了姐姐。她说完后，姐姐亲了她一下，说："亲爱的，这真的是一个奇怪的梦，现在快去喝茶吧，时候不早了。"姐姐说完爱丽丝就站起来跑开了，边跑边想刚刚的梦，真是一个奇妙的梦啊！

爱丽丝走后，姐姐仍静静地坐在那儿，用手支着头，看着渐渐西沉的夕阳，想着小爱丽丝刚刚的梦中奇遇，然后自己也

沉沉地睡着了。这是她自己的梦：

开始，她梦见了小爱丽丝，正用手环抱着膝盖，用明亮的双眼仰视着她。她仿佛听到爱丽丝的声音，看到她理了理蓬乱的头发……这都是她经常看到的情景。当她似听非听时，周围满是她小妹妹梦中的奇怪生物。

兔子跳来跳去，弄得她脚下的草沙沙作响，受惊的老鼠在附近的水池边窜来窜去。她还听到三月兔和他的朋友共进晚餐时碰杯的声音，以及王后宣判别人死刑时的尖叫声。同时还听到那只婴儿猪趴在公爵夫人的腿上打喷嚏，厨娘把碗碟摔碎的声音。她还听到鹰头狮的叫喊声，蜥蜴写字的刺耳声音，被装进麻袋的豚鼠的闷叫声。这些声音充斥着周围的空气，混杂着远处传来的素甲鱼的抽泣声。

于是她坐正了身子，闭着眼睛，想象着自己来到了小爱丽丝的梦境。尽管她知道这只是一个梦，只要睁开眼睛，一切都会回到沉闷的现实：小草在迎风作响，池塘里的水泛起了涟漪，激荡了芦苇；碰杯的声音其实是羊脖子上的铃铛声，王后的尖叫其实是牧童的声音；婴儿猪的喷嚏声，鹰头狮的叫喊声，这些都是田庄中人们忙活的声音；再有那远处水牛的低鸣，在梦中成为素甲鱼的抽泣声。

最后，她想象着很久以后，小妹妹嫁作人妇的样子。在以后的日子里，小爱丽丝将永葆童年时的纯真善良之心。她还会让孩子们凑在一起，给他们讲很多奇妙的故事，或许就是她自己多年前漫游仙境的这个故事，这些故事让他们的眼睛变得更加明亮而热情。她也将分享他们的快乐，聆听他们的烦恼，她会回忆起自己的童年生活，以及那愉快的夏日时光。

译后记

　　"在一个晴朗的秋日里，爱丽丝正和姐姐在树下看书，突然，一只戴着怀表的兔子一边嘀咕着一边匆匆忙忙从爱丽丝身边跑过去。爱丽丝想，一定是有什么奇怪的事情发生了，于是连忙跟了上去。结果，她掉进了一个深洞里，在那里，她经历了很多很多神秘、有趣的事情……"这是个著名的故事，写在一个世纪前，这个故事陪伴着无数人度过了欢乐的童年时光。这个讲故事的人是刘易斯·卡罗尔，故事的名字叫《爱丽丝漫游仙境》。

　　刘易斯·卡罗尔的真名叫查尔斯·路德维奇·道森，1832年出生于英国。你一定想不到，卡罗尔的最初身份并不是一个作家，而是一位默默无闻的数学教师。卡罗尔出生在一个生活窘迫的家庭中，贫寒的生活环境反倒给了他积极进取的动力。卡罗尔从上小学开始，就是班级里学习最用功的孩子，并且表现出了对文学的极大热爱。

　　由于卡罗尔患有严重的口吃，所以他很少与人交往，而是倾注了大部分情感在写作中，因此在诗歌、小说等方面都颇有造诣。1850年，卡罗尔考取牛津大学基督堂学院，之后便在这里长期担任数学教师。

卡罗尔任教的基督堂学院院长利德尔有三个女儿，这三个小姑娘一有空就会跑来找卡罗尔，缠着他给她们讲故事听。卡罗尔也很喜欢这三个可爱的孩子，加上他有着丰富的想象力，所以经常会随口编些故事讲给她们听。

这三个女孩儿中有一个名字叫爱丽丝，有一天，卡罗尔带着她们同游泰晤士河，三个孩子请求卡罗尔再给她们讲一个故事。卡罗尔看着当时只有七岁的爱丽丝，突然灵机一动，便以爱丽丝为故事的主人公，编织了一个情节生动、离奇的故事。回家以后，爱丽丝请求卡罗尔把这个故事作为礼物送给她，卡罗尔答应了，他不仅把故事的内容誊写了下来，还用心地配上了插图。

小爱丽丝得到这个故事以后爱不释手，总是骄傲地拿出来炫耀。也是机缘巧合，后来，有一位小说家无意中看到了这个故事，立刻被曲折而又妙趣横生的故事情节深深地吸引了。于是他找到了卡罗尔，极力劝说他把这些故事结集出版。

就这样，这些故事经卡罗尔数次修改和润色之后，于1865年正式出版，该书就是《爱丽丝漫游仙境》。

这本书一面世，便引起了巨大的轰动，很快成为当时英国最畅销的儿童读物。后来很多著名的儿童文学作家都是在小时候受到了这本书的启蒙，最后走上了文学创作的道路的。

在这部童话中，爱丽丝是个十分引人注目并颇具个性的童话人物形象：这是个披着垂肩金发的七岁小姑娘，天真活泼，满怀好奇和求知欲，诚实，富有同情心。她帮助兔子寻找丢失的扇子和手套，她把将被王后砍头的三个园丁藏起来，她还在荒诞的法庭上大声抗议国王和王后对好人的诬陷……在她身上，我们看到了善良、友好、正义和人道的精神。

与此同时，卡罗尔也刻画了作为一个七岁小姑娘的很多特点，譬如她爱哭，又好强逞能，喜欢向人炫耀自己学过的知识，却又不时出现纰漏；她不愿意静坐在课堂上，常常盼望时间从早上八点一下跳到午餐时分。这些都是活泼、真实的儿童心理反映，使爱丽丝这个形象更加亲切可爱。

《爱丽丝漫游仙境》的艺术魅力，还在于它那英国式的幽默。卡罗尔用轻松、诙谐的笔调去叙述、描写，文字充满了种种笑语、俏皮话和双关语，其中大多蕴含着深意。

《爱丽丝漫游仙境》不仅是孩子们喜欢的读物，很多大人也将其奉为经典，其中包括著名作家奥斯卡·王尔德和当时在位的维多利亚女王。至今，这本书已经被翻译成至少125种语言，到20世纪中期重版300多次，其流传之广仅次于《圣经》和莎士比亚的作品，原本只是一位名不见经传的数学教师的卡罗尔，后来成了世界闻名的童话大师。

《爱丽丝漫游仙境》最大的艺术魅力，在于作者那无穷的想象力。所以，不管别人怎么评论，不亲身体验一下，是永远无法感受那种如身临仙境般的阅读快乐的。小朋友们，你们还等什么呢？

世界名著好享读（原版插画典藏版）

作品目录